Poirot investiga

Novela
Crimen y Misterio

Biografía

Agatha Christie es la escritora de misterio más conocida en todo el mundo. Sus obras han vendido más de mil millones de copias en la lengua inglesa y mil millones en otros cuarenta y cinco idiomas. Según datos de la ONU, sólo es superada por la Biblia y Shakespeare.

Su carrera como escritora recorrió más de cincuenta años, con setenta y nueve novelas y colecciones cortas. La primera novela de Christie, *El misterioso caso de Styles*, fue también la primera en la que presentó a su formidable y excéntrico detective belga, Poirot; seguramente, uno de los personajes de ficción más famosos. En 1971, alcanzó el honor más alto de su país cuando recibió la Orden de la Dama Comandante del Imperio Británico. Agatha Christie murió el 12 de enero de 1976.

Agatha Christie
Poirot investiga

Traducción: C. Peraire del Molino

Obra editada en colaboración con Grupo Planeta – Argentina

Título original: *Poirot Investigates*

© 2013, The Agatha Christie Roundel
Agatha Christie Limited. Used by Permission
© 1925, Dodd Mead & Company Inc.
© 1956, Traducción: Editorial Molino
© 2003, Grupo Editorial Planeta S.A.I.C. – Buenos Aires, Argentina

Derechos reservados

© 2017, Editorial Planeta Mexicana, S.A. de C.V.
Bajo el sello editorial BOOKET M.R.
Avenida Presidente Masarik núm. 111,
Piso 2, Polanco V Sección, Miguel Hidalgo
C.P. 11560, Ciudad de México
www.planetadelibros.com.mx

Traducción: C. Peraire del Molino
Ilustraciones de portada: Rocío Fabiola Tinoco Espinosa y Miguel Angel
Chávez Villalpando / Grupo Pictograma Ilustradores
Adaptación de portada: Alejandra Ruiz Esparza

Agatha Christie

Primera edición impresa en México en Booket: octubre de 2017
Tercera reimpresión en México en Booket: abril de 2022
ISBN: 978-607-07-4482-2

Impreso en los talleres de Corporación de Servicios Gráficos Rojo S.A. de
C.V.
Progreso #10, Colonia Ixtapaluca Centro, Ixtapaluca, Estado de México, C.P.
56530.
Impreso en México –*Printed in Mexico*

LA AVENTURA DEL "ESTRELLA DE OCCIDENTE"

Me encontraba ante una de las ventanas de la residencia de Hércules Poirot, contemplando la calle.

—Es sumamente curioso —dije de pronto, conteniendo el aliento.

—¿El qué, *mon ami?* —preguntó Poirot, plácidamente desde las profundidades de su cómoda butaca.

—¡Dedúzcalo usted de los hechos siguientes! Aquí viene una joven elegantemente vestida... sombrero de última moda y magníficas pieles. Se acerca lentamente mirando todas las casas al pasar. Sin que ella se dé cuenta, la van siguiendo tres hombres y una mujer de mediana edad. En este momento acaba de unirse a ellos un chico de esos que hacen recados, que la señala con el dedo al mismo tiempo que gesticula. ¿Qué drama están tramando? ¿Acaso ella es una delincuente y sus seguidores unos detectives dispuestos a detenerla? ¿O son unos canallas a punto de atacar a una víctima inocente? ¿Qué dice nuestro detective?

—El gran detective, *mon ami*, escoge como siempre el camino más fácil. Verlo por sí mismo —y mi amigo vino a reunirse conmigo junto a la ventana.

Al cabo de un minuto reía regocijado.

—Como de costumbre, se ha dejado usted llevar por su incurable romanticismo. Ésa es miss Mary Marvell, la estrella de cine, a quien sigue un enjambre de admiradores que la han reconocido. Y *en passant*, mi querido Hastings, ¡ella se da perfecta cuenta de ello!

Me eché a reír.

—¡De modo que todo queda explicado! Pero no tiene pruebas de ello, Poirot. Ha sido sólo resultado de la identificación de la "estrella".

—*En verité!* ¿Y cuántas veces ha visto usted a Mary Marvell en la pantalla, *mon cher?*

Reflexioné.

—Una media docena de veces.

—¡Yo... una! No obstante, a simple vista la reconozco, y usted no.

—Está tan cambiada... —repliqué con voz débil.

—¡Ah! *Sacré!* —exclamó Poirot—. ¿Es que esperaba verla paseando por las calles de Londres con sombrero de *cowboy*, o descalza y con muchos tirabuzones, como una colegiala irlandesa? ¡Hay que fijarse siempre en lo esencial! Recuerdo el caso de la bailarina Valerie Saintclair.

Yo me encogí de hombros, ligeramente molesto.

—Pero consuélese, *mon ami* —dijo Poirot calmándose—. ¡Todos no pueden ser como Hércules Poirot! Lo sé muy bien.

—¡La verdad es que no conozco otra persona que tenga mejor opinión de sí misma! —repliqué entre divertido y contrariado.

—¿Y por qué no? ¡Cuando uno es único, lo sabe! Y otros comparten esta opinión... incluso miss Mary Marvell, si no me equivoco.

—¿Qué?

—Sin duda alguna. Viene hacia aquí.

—¿Cómo lo sabe?

—Es muy sencillo. ¡Esta calle no es aristocrática, *mon ami!* No hay en ella ni médicos ni dentistas... y mucho menos un peluquero de fama. Pero sí un detective de última moda. *Oui*, amigo mío, es cierto... estoy de moda, soy *le dernier cri!* Unos dicen a otros: *Comment?* ¿Has perdido tu pluma de oro? Debes acudir al belga. ¡Es maravilloso! Todo el mundo recurre a él. *Courez!* ¡Y vienen! ¡A manadas, *mon ami!* ¡Con los problemas más tontos! —sonó el timbre—. ¿Qué le he dicho? Ésa es miss Marvell.

Y como de costumbre, Poirot tenía razón. Tras un corto intervalo, la estrella del cine estadounidense fue introducida en la habitación y los dos nos pusimos en pie.

Mary Marvell era sin duda alguna una popular artista de la pantalla. Había llegado hacía poco a Inglaterra acompañada de su esposo, Gregory R. Rolf, también artista de cine. Su matrimonio se efectuó un año atrás en los Estados Unidos y aquélla era su primera visita a Inglaterra. Le ofrecieron una gran recepción. Todo el mundo se volvió loco por Mary Marvell, sus maravillosos trajes, sus pieles, sus joyas, y entre todas éstas, por un gran diamante para hacer juego con su poseedora, "Estrella de Occidente". Mucho se había escrito acerca de esta joya... cierto y falso... y se decía que estaba asegurada por la enorme cifra de cincuenta mil libras.

Miss Marvell era menuda y esbelta, muy rubia y aniñada, con unos ojos azules grandes e inocentes.

Poirot le acercó una silla y ella comenzó a hablar en seguida.

—Es probable que me considere usted muy tonta, monsieur Poirot, pero lord Cronshaw me decía ayer noche lo maravillosamente que aclaró el misterio de la muerte de su sobrino, y quise conocer su opinión. Tal vez sea una broma tonta..., o algo así, dice Gregory..., pero me tiene muy preocupada.

Hizo una pausa para tomar aliento y Poirot la animó a proseguir.

—Continúe, madame. Comprenda, aún no sé de qué se trata.

—Pues de estas cartas —Mary Marvell abrió su bolso, del que extrajo tres sobres que entregó a Poirot, y que éste estudió cuidadosamente.

—Papel barato... el nombre y la dirección cuidadosamente escritos con letra de imprenta. Veamos la carta —y abrió el sobre.

"El gran diamante, que es el ojo izquierdo del dios, debe ser devuelto al lugar de donde vino."

La segunda carta estaba redactada exactamente en los mismos términos, pero la tercera era más explícita.

"Ya ha sido advertida y no ha obedecido. Ahora el diamante le será arrebatado. Cuando llegue el plenilunio, los dos diamantes, que son los ojos derecho e izquierdo del dios, deberán ser devueltos. Así está escrito."

—La primera carta la consideré una broma —explicó Mary Marvell—. Pero cuando recibí la segunda empecé a preocuparme. La tercera llegó ayer, y me pareció que, después de todo, aquello podía ser más serio de lo que yo había imaginado.

—Veo que no llegaron por correo.

—No; fueron traídas en mano... por un chino. Eso es lo que me asusta.

—¿Por qué?

—Porque Gregory compró esa piedra a un chino hará unos tres años, cuando se encontraba en San Francisco.

—Veo, madame, que el diamante a que hacen referencia es...

—El "Estrella de Occidente" —dijo miss Marvell—. Eso es. Gregory recuerda que existía cierta historia relacionada con esa piedra, pero el chino no quiso darnos ninguna información. Gregory dice que parecía muy asustado, y con una prisa enorme por deshacerse de él. Sólo pidió la décima parte de su valor. Fue el regalo de boda que me hizo Gregory.

Poirot asintió pensativo.

—Esa historia refleja un romanticismo casi increíble. Y no obstante..., ¿quién sabe? Por favor, Hastings, déme mi almanaque.

Yo obedecí.

—*Voyons!* —dijo Poirot volviendo las hojas—. ¿Cuándo hay luna llena? Ah, el próximo viernes. Es decir, dentro de tres días. *Eh bien,* madame, usted me pide consejo... y voy a dárselo. Esta *belle histoire* puede ser una broma... o puede que no. Por consiguiente le aconsejo que deje el diamante bajo mi custodia hasta después del próximo viernes. Entonces podremos dar los pasos oportunos.

Una ligera nube ensombreció el rostro de la actriz al replicar contrariada:

—Me temo que será imposible.

—¿Lo lleva consigo... *hein?* —Poirot la observaba fijamente.

La joven vaciló un momento, y al fin introdujo su mano por el escote de su vestido y sacó una larga cadena. Inclinóse hacia delante abriendo la mano, y en su palma brilló una piedra de fuego blanco, exquisitamente montada en platino.

Poirot contuvo el aliento y lanzó un prolongado silbido.

—*Épatant* —murmuró—. ¿Me permite, madame? —y tomando la joya en su mano la observó cuidadosamente, y al cabo la devolvió con una ligera reverencia—. Una piedra magnífica... sin un defecto. ¡Ah, *cent tonnerres!* ¡Y usted la lleva *comme ça!*

—No, no, en realidad tengo mucho cuidado, monsieur Poirot. Por lo general la tengo guardada en mi joyero, que deposito en la caja fuerte del hotel. Nos hospedamos en el Magnificent, ¿sabe? La he traído sólo para que usted la viera.

—¿Y la dejará bajo mi custodia, *n'est-ce-pas?* ¿Seguirá el consejo de papá Poirot?

—Pues, verá usted, ocurre lo siguiente, monsieur Poirot. El viernes vamos a ir a Yardly Chase para pasar unos días con lord y lady Yardly.

Sus palabras despertaron un vago eco de recuerdos en mi memoria. Ciertos comentarios... ¿Cuáles fueron? Unos años atrás, lord y lady Yardly habían ido a los Estados Uni-dos y mi lord estuvo derrochando dinero con ayuda de varias amiguitas. Pero hubo algo más... más chismes relacionados con lady Yardly y un artista de cine en California... ¡Vaya! El nombre acudió a mi mente con la velocidad del rayo... claro... si no fue otro que Gregory R. Rolf.

—Voy a comunicarle un pequeño secreto, monsieur Poirot —continuó Mary Marvell—. Estamos en tratos con lord Yardly. Hay cierta posibilidad de que nos deje filmar una película en el castillo de sus antepasados.

—¿En Yardly Chase? —exclamé interesado—. Vaya, es uno de los lugares más bonitos de Inglaterra.

Miss Marvell asintió:

—Supongo que es el auténtico castillo feudal que necesitamos. Pero exige un precio muy elevado y, claro, no sé todavía si llegaremos a un acuerdo, por más que a Greg y a mí siempre nos gusta combinar los negocios con el placer.

—Pero... le ruego que me perdone si le parezco pesado... sin duda alguna es posible ir a Yardly Chase sin necesidad de que lleve consigo el diamante.

Una mirada astuta y dura veló los ojos de miss Marvell haciendo desaparecer su aire infantil. De pronto pareció mucho mayor.

—Quiero lucirlo allí.

—Cierto que hay joyas muy famosas en la colección de los Yardly —dije yo de pronto—. ¿No hay también entre ellas un gran diamante?

—Eso es —replicó Mary Marvell.

Oí que Poirot murmuraba entre dientes:

—Ah, *c'est comme ça!* —luego dijo en voz alta con su acostumbrada habilidad y ojo crítico (que él llamaba psicología)—: Entonces sin duda alguna usted ya conocerá a lady Yardly, ¿o tal vez su esposo la conoce?

—Gregory la conoció hace tres años, cuando estuvo en la costa Oeste —dijo Mary Marvell, y tras vacilar un momento agregó—: ¿Alguno de ustedes ha leído alguna vez la revista *Comentarios Sociales?* Lo digo porque en el número de esta semana aparece un artículo sobre joyas famosas, y en realidad es bastante curioso... —se interrumpió.

Yo me puse en pie y acercándome a la mesa que había al otro lado de la estancia volví con la revista en cuestión. Ella buscó el artículo, que empezó a leer en voz alta:

"...Entre otras piedras famosas pueden incluirse la 'Estrella de Oriente', un diamante que pertenece a la familia Yardly. Un antepasado del actual lord Yardly lo compró en China; y se dice que tiene una romántica historia, según la cual ese diamante fue en un tiempo el ojo derecho de un dios. Otro diamante exactamente igual de forma y tamaño formaba el ojo izquierdo, y la leyenda dice que también esta joya será robada al correr del tiempo. 'Un ojo irá al Este y otro al Oeste, hasta que vuelvan a encontrarse de nuevo. Y entonces volverán triunfalmente al dios.' Es una coincidencia curiosa que exista actualmente una piedra que corresponde exactamente a la descripción mencionada y que se conoce por el nombre de "Estrella de Occidente", y que es propiedad de una célebre estrella de cine, miss Mary Marvell. Sería interesante poder comparar las dos piedras."

Me quedé de una pieza.

—*Épatant!* —murmuró Poirot—. ¿Y no tiene miedo, madame? ¿No es supersticiosa? ¿No teme reunir a esos dos gemelos y que aparezca un chino y... *hey presto!*, se los lleve a China?

Su tono era burlón, pero yo creí descubrir cierta seriedad en el fondo.

—Yo no creo que el diamante de lady Yardly sea tan bonito como el mío —dijo lady Marvell—. Pero, de todas formas, quiero comprobarlo.

Lo que iba a decir Poirot nunca lo supe, porque en aquel momento se abrió la puerta y un hombre de gran atractivo penetró en la estancia. Desde sus rizados y ensortijados cabellos negros, hasta las puntas de sus zapatos de charol, era un héroe dispuesto para el romance.

—Dije que vendría a buscarte, Mary —explicó Gregory Rolf—, y aquí estoy. Bien, ¿qué dice monsieur Poirot de nuestro pequeño problema? ¿Que se trata sólo de una broma, como yo digo?

Poirot sonrió al actor y para ello tuvo que alzar la cabeza, debido a su gran altura.

—Broma o no broma, mister Rolf —dijo secamente—, he aconsejado a madame que no lleve esa joya el viernes a Yardly Chase.

—Estoy de acuerdo con usted. Lo mismo le dije yo. ¡Pero qué quiere! ¡Es mujer, y no puede soportar la idea de que otra mujer la desbanque en cuestión de joyas!

—¡Qué tontería, Gregory! —dijo Mary Marvell enrojeciendo.

Poirot encogióse de hombros.

—Madame, ya le he advertido. No puedo hacer más. *C'est fini* —y les acompañó hasta la puerta.

—*Oh, là, là!* —observó al volver—. *Histoire de femmes!* El buen marido ha dado en el clavo... *tout de même,* pero no ha tenido tacto. En absoluto.

Le hice partícipe de mis vagos recuerdos y asintió vigorosamente.

—Eso pensé yo. De todas formas hay algo raro en todo esto. Con su permiso, *mon ami,* iré a tomar el aire. Espere a que vuelva, se lo ruego. No tardaré.

Estaba semidormido en mi sillón, cuando la patrona llamó suavemente a la puerta y acto seguido asomó la cabeza:

—Otra señora que quiere ver a monsieur Poirot. Le he dicho que había salido, pero pregunta cuánto puede tardar en volver, y que ella viene del campo.

—Oh, hágala pasar aquí, mistress Murchison. Quizá yo pueda servirle en algo.

Al cabo de unos minutos era introducida en la habitación y el corazón me dio un vuelco al reconocerla. La fotografía de lady Yardly había aparecido demasiado a menudo en las revistas de sociedad para que me fuera desconocida.

—Siéntese, lady Yardly —le dije acercándole una butaca—. Mi amigo Poirot ha salido, pero sé con certeza que no tardará en regresar.

Tomó asiento, dándome las gracias. Era una mujer muy distinta de Mary Marvell. Alta, morena, de ojos centelleantes, y un rostro pálido y altivo. No obstante, había cierta tristeza en la línea de sus labios.

Sentí el deseo de aprovechar la ocasión. ¿Por qué no? En presencia de Poirot siempre encontraba dificultades... nunca lograba lucirme. Y pese a todo, no existe la menor duda de que yo también poseo dotes detectivescas muy acentuadas. Me incliné hacia delante siguiendo un impulso repentino.

—Lady Yardly —dije—. Sé por qué ha venido. Ha estado recibiendo cartas anónimas en las que se la amenaza con robarle el diamante.

No existía la menor duda de que el disparo había dado en el blanco. Me contempló con la boca abierta, y el color desapareció de sus mejillas.

—¿Lo sabe usted? ¿Cómo?

Sonreí.

—Siguiendo un proceso lógico. Si Mary Marvell ha recibido cartas advirtiéndola...

—¿Miss Marvell? ¿Ha estado aquí?

—Acaba de marcharse. Como iba diciendo, si ella, como poseedora de uno de los diamantes gemelos, ha recibido una serie de avisos misteriosos, a usted, como propietaria de la otra piedra, tiene que haberle ocurrido lo mismo. ¿Ve lo sencillo que es? ¿Entonces estoy en lo cierto respecto al particular? ¿Ha recibido también extraños mensajes?

Por un momento vaciló como si dudara en confiarse a mí; al fin inclinó la cabeza, como si asintiera, y sonrió.

—Eso es —me confirmó.

—¿Los suyos fueron llevados también en mano por un chino?

—No, llegaron por correo; pero dígame, entonces, ¿miss Marvell los ha recibido también?

Le puse al corriente de la visita de Mary Marvell y me escuchó con suma atención.

—Todo concuerda. Mis cartas son un duplicado de las suyas. Es cierto que llegaron por correo, pero van impregnadas de un extraño perfume... algo parecido al de las varitas que los orientales queman ante sus ídolos... que en seguida me hizo pensar en Oriente. ¿Qué significa todo esto?

Meneé la cabeza.

—Esto es lo que debemos averiguar. ¿Las lleva consigo? Tal vez podamos averiguar algo por el matasellos.

—Desgraciadamente las he destruido. Comprenda, de momento las consideré una broma tonta. ¿Puede ser cierto que alguna banda china trate de recobrar los diamantes? Parece fantástico.

Repasamos una y otra vez los hechos sin que consiguiéramos esclarecer el misterio. Al fin lady Yardly se puso en pie.

—La verdad es que no creo necesario aguardar a monsieur Poirot. Usted puede contárselo todo, ¿no es cierto? Muchísimas gracias, muy reconocida, señor...

Vacilaba con la mano extendida.

—Capitán Hastings.

—¡Claro! ¡Qué tonta soy! Usted es amigo de los Cavendish, ¿no? Fue Mary Cavendish quien me ha recomendado a monsieur Poirot.

Cuando regresó mi amigo, disfruté contándole lo ocurrido durante su ausencia. Me interrogó bastante contrariado, para conocer los detalles de nuestra conversación, y pude convencerme de que le disgustaba el no haber estado presente. También imaginé que estaba ligeramente celoso. Se había convertido en una costumbre en él despreciar constantemente mis habilidades, y creo que le fastidiaba no encontrar el menor motivo de crítica. Interiormente yo estaba muy satisfecho de mí mismo, aunque traté de ocultarlo, por temor a irritarle. A pesar de sus rarezas, apreciaba mucho a mi singular amigo.

—¡Bien! —dijo al fin con una extraña expresión en su rostro—. El plan sigue adelante. ¿Quiere pasarme ese libro sobre los Pares que hay en ese estante de arriba? —fue volviendo hojas—. ¡Aquí está! "Yardly... décimo vizconde, sirvió en la guerra de Sudáfrica... *tout ça na pas d'importance*... Casó en mil novecientos siete con Maude Stopperton, cuarta hija del tercer barón Cotteril...", hum... "tuvieron dos hijas, nacidas una en mil novecientos ocho, y otra en mil novecientos diez... Clubes... residencias... *Voilà*, esto no nos dice gran cosa. Pero mañana por la mañana veremos a este milord".

—¿Qué?

—Sí. Le he telegrafiado.

—Pensé que se había lavado las manos en este asunto.

—No actúo en representación de miss Marvell, puesto que rehúsa seguir mi consejo. Lo que haga ahora será para mi propia satisfacción... la satisfacción de Hércules Poirot. Decididamente tengo que meter baza en este asunto.

—Y tranquilamente telegrafía usted a lord Yardly para que venga a la ciudad sólo para su propia conveniencia. A él no le agradará.

—*Au contraire,* si logro conservarle el diamante de la familia deberá estarme agradecido.

—Entonces, ¿cree usted realmente que existe la posibilidad de que sea robado?

—Casi seguro —replicó Poirot—. Todo lo indica.

—Pero cómo...

Poirot detuvo mis preguntas con un ademán resignado.

—Ahora no, se lo ruego. No me confunda y observe que ha colocado mal el libro sobre los Pares. Fíjese que los libros más grandes van en el estante de arriba, luego los que le siguen en tamaño en el siguiente, etcétera, etcétera. Así se tiene orden, método, como le he dicho tantas veces.

—Exacto —me apresuré a contestar, poniendo el volumen en su lugar correspondiente.

Lord Yardly resultó ser un deportista alegre, de voz potente y rostro sonrosado, con una afabilidad y buen humor que le hacía sumamente atractivo y que compensaba cualquier falta de inteligencia.

—Éste es un asunto extraordinario, monsieur Poirot. No logramos sacar nada en claro. Parece ser que mi esposa ha estado recibiendo una serie de extrañas misivas, al igual que miss Marvell. ¿Qué significa esto?

Poirot le alargó el ejemplar de los *Comentarios Sociales.*

—En primer lugar, milord, quisiera preguntarle si esa información es exacta.

El par lo tomó en sus manos y su rostro se ensombreció a medida que iba leyendo.

—¡Cuánta tontería! —exclamó—. No hay ninguna historia romántica relativa al diamante. Creo que procede de la India, pero nunca oí hablar, ni una palabra, de ese dios chino.

—Sin embargo, a esa piedra se la conoce como "Estrella de Oriente".

—Bien, ¿y qué?

Poirot sonrió sin replicar directamente.

—Lo que quisiera pedirle, milord, es que se pusiera usted en mis manos. Si lo hace sin reservas, tengo la esperanza de evitar la catástrofe.

—¿Entonces usted cree que hay algo de verdad en las absurdas leyendas?

—¿Hará usted lo que le pido?

—Claro que sí, pero...

—*Bien!* Entonces permítame que le haga unas preguntas. Este asunto de Yardly Chase, ¿está, como usted dice, ya arreglado entre usted y mister Rolf?

—Oh, ¿se lo contó él, verdad? No, no hay nada en concreto —vaciló y el rubor de su rostro se acentuó—. Prefiero arreglar primero este asunto. He hecho muchas tonterías en muchos sentidos, monsieur Poirot... y estoy de deudas hasta las orejas... pero deseo rehabilitarme. Quiero mucho a mis hijos y quiero arreglar las cosas y poder vivir en mi antigua casa. Gregory Rolf me ofrece mucho dinero... lo bastante para volver a levantarme. No quisiera hacerlo... aborrezco la idea de que toda esa gente se meta en mi castillo... pero tendrá que ser así... a menos... —se interrumpió.

Poirot le miraba de hito en hito.

—Entonces, ¿tiene otra solución? ¿Me permite que trate de adivinarla? ¿Vender el "Estrella de Oriente"?

Lord Yardly asintió.

—Eso es. Ha pertenecido a mi familia durante varias generaciones, pero no siempre. No obstante, es muy difícil encontrar comprador. Hoffberg, el hombre de Hatton Garden, está buscando un posible comprador, pero si no lo encuentra pronto será mi ruina sin remedio alguno.

—Una pregunta más, *permettez*... ¿Con cuál de los dos planes está de acuerdo su esposa, lady Yardly?

—Oh, ella se opone a que vendamos la joya. Ya sabe usted cómo son las mujeres. Ella prefiere que llegue a un acuerdo con los artistas de cine.

—Comprendo —replicó Poirot, y tras permanecer unos instantes sumido en sus pensamientos se puso bruscamente en pie—. ¿Regresa usted en seguida a Yardly Chase? ¡Bien! No diga una palabra a nadie... *a nadie,* recuérdelo..., pero espérenos allí esta tarde. Llegaremos poco después de las cinco.

—De acuerdo, pero no comprendo...

—*Ça na pas d'importance* —replicó Poirot cortésmente—. ¿Querrá usted que le conserve su diamante, *n'est-ce pas?*

—Sí, pero...

—Entonces haga lo que le digo.

Y el noble, triste y asombrado, abandonó la estancia.

Eran ya las cinco y media cuando llegamos a Yardly Chase y seguimos al impecable mayordomo hasta el vestíbulo con antiguos paneles de madera y fuego de llamas oscilantes. Un hermoso cuadro apareció ante nuestros ojos: lady Yardly y sus dos hijos..., la cabeza morena de la madre inclinada con orgullo sobre las rubias de los pequeñuelos, y lord Yardly de pie junto a ellos... sonriéndoles.

—Monsieur Poirot y el capitán Hastings —anunció el mayordomo.

Lady Yardly alzó los ojos sobresaltada, y su esposo vino hacia nosotros indeciso, en tanto que con la mirada pedía instrucciones a Poirot. El hombrecillo estuvo a la altura de las circunstancias.

—¡Les presento mis excusas! Es que aún sigo investigando el asunto de miss Marvell. Ella llegará el viernes, ¿no es así? He querido venir antes para comprobar que todo está seguro. También deseaba preguntar a lady Yardly si se fijó en los matasellos de las cartas recibidas...

Lady Yardly meneó la cabeza con pesar.

—Me temo que no. Fue una tontería, pero la verdad es que ni siquiera se me ocurrió tomarlas en serio.

—¿Se quedarán ustedes aquí? —preguntó lord Yardly.

—¡Oh, milord, temo incomodarle! Hemos dejado las maletas en la posada.

—No importa —lord Yardly captó la indirecta—. Enviaremos a buscarlas. No... no, le aseguro que no es ninguna molestia.

Poirot se dejó convencer y sentándose junto a lady Yardly empezó a trabar amistad con los niños. Al poco rato jugaban todos juntos y me arrastraron a mí también.

—*Vous êtes bonne mère* —dijo Poirot con una galante inclinación cuando los niños se marcharon de mala gana con la niñera.

—Los adoro —dijo con voz emocionada.

—Y ellos a usted... ¡con razón! —Poirot volvió a inclinarse.

Sonó un batintín y nos levantamos para dirigirnos a nuestras habitaciones. En aquel momento entraba el mayordomo con un telegrama en una bandejita que entregó a lord Yardly. Éste lo abrió murmurando unas palabras de disculpa, y al leerlo se crispó visiblemente.

Lanzando una exclamación lo pasó a su esposa, mirando a mi amigo.

—Espere un momento, monsieur Poirot. Creo que debe saberlo. Es de Hoffberg. Cree haber encontrado un comprador para el diamante... Un estadounidense que sale mañana para su país. Esta noche va a enviarme un individuo para recoger la joya. Vaya, si esto se lleva a cabo... —le faltaron las palabras.

Lady Yardly se había alejado con el telegrama todavía en la mano.

—Ojalá no tuvieras que venderlo, George —dijo en voz baja—: Ha pertenecido a la familia durante tanto tiempo... —aguardó como si esperase una respuesta, pero al no recibirla su rostro se endureció y encogiéndose de hombros, dijo—: Tengo que ir a cambiarme. Supongo que será mejor preparar la "mercancía" —volvióse a Poirot con un ligero mohín—. ¡Es uno de los collares más horribles que se han visto! George siempre me prometía hacer que lo montaran de nuevo, pero nunca lo hizo.

Media hora más tarde los tres nos hallábamos reunidos en el gran salón, esperando a lady Yardly. Ya pasaban algunos minutos de la cena.

De pronto, entre un crujir de sedas, apareció lady Yardly bajo el marco de la puerta... una figura radiante vistiendo un traje de noche deslumbrador. Rodeando su garganta veíase una línea de fuego. Permaneció inmóvil, con una mano colocada sobre el collar.

—¿Dispuestos al sacrificio? —dijo en tono alegre. Al parecer, su malhumor había desaparecido—. Esperen a que encienda todas las luces y sus ojos podrán contemplar el collar más feo de Inglaterra.

Los conmutadores estaban junto a la puerta, y cuando extendió su mano hacia ellos ocurrió lo increíble. De pronto, sin previo aviso, se apagaron todas las luces, la puerta cerróse de golpe y desde el otro lado llegó hasta nosotros el grito penetrante como asustado de una mujer.

—¡Cielos! —exclamó lord Yardly—. ¡Es la voz de Maude! ¿Qué ha ocurrido?

A ciegas corrimos hacia la puerta, tropezamos unos con otros en la oscuridad. Transcurrieron algunos minutos antes de que pudiéramos descubrirlo. ¡Qué espectáculo presenciaron nuestros ojos! Lady Yardly yacía sin sentido sobre el suelo de mármol, con una señal roja en su blanco cuello en el lugar donde le fue arrancado el valiosísimo collar.

Cuando nos inclinamos sobre ella para averiguar si estaba viva o muerta, abrió los ojos.

—El chino —susurró, dolorosamente—. El chino... por la puerta lateral.

Lord Yardly se puso en pie, lanzando una maldición. Yo le acompañé con el corazón palpitante. ¡Otra vez el chino! La puerta en cuestión era una pequeña situada en un ángulo de la pared, a menos de doce metros del escenario de la tragedia. Cuando llegamos a ella lancé un grito. Allí, cerca del umbral, estaba el collar resplandeciente, sin duda arrojado por el ladrón durante su huida. Yo me incliné para cogerlo, y entonces tuve que lanzar otro grito que fue coreado por lord Yardly, puesto que en el centro del collar había un gran hueco. ¡Faltaba la "Estrella de Oriente"!

—Esto demuestra que no se trata de un ladrón corriente —dije yo—. Lo único que deseaba era esa piedra.

—Pero, ¿cómo pudo entrar?

—Por esa puerta.

—Pero siempre está cerrada.

—Ahora no lo está —repuse—. Mire —y la abrí.

Al hacerlo, algo cayó al suelo. Lo recogí. Era un trocito de seda y un bordado inconfundible. Se trataba de un fragmento de quimono chino.

—Con las prisas se lo pilló en la puerta —expliqué—. Vamos, de prisa. No puede estar muy lejos.

Pero corrimos y buscamos en vano. En la densa oscuridad de la noche el ladrón había conseguido escapar fácilmente. Regresamos de mala gana y lord Yardly envió a uno de sus criados en busca de la policía.

Lady Yardly, debidamente atendida por Poirot, que para estos asuntos era tan eficiente como una mujer, se fue recobrando lo suficiente para poder relatar lo ocurrido.

—Iba a dar la otra luz —dijo—, cuando un hombre saltó sobre mí por la espalda. Me arrancó el collar con tal fuerza que caí al suelo. Al caer le vi desaparecer por la puerta lateral. Por la coleta y su quimono bordado comprendí que era un chino —se detuvo con un estremecimiento.

El mayordomo reapareció y dijo a lord Yardly en voz baja:

—Desea verle un caballero que viene de parte de mister Hoffberg. Dice que usted le espera.

—¡Cielo santo! —exclamó el noble aturdido—. Supongo que debo recibirle. No, aquí no, Mullins; en la biblioteca.

Yo llevé aparte a Poirot.

—Escuche, amigo mío, ¿no sería mejor que regresáramos a Londres?

—¿Usted cree, Hastings? ¿Por qué?

—Pues —carraspeé—, las cosas no han ido del todo bien, ¿no es cierto? Quiero decir que usted dijo a lord Yardly que se pusiera en sus manos y todo iría bien... ¡y el diamante desaparece ante sus propias narices!

—Cierto —repuso Poirot bastante abatido—. No ha sido uno de mis éxitos más asombrosos.

Su forma de describir los acontecimientos me hizo sonreír, pero me mantuve firme.

—De modo que habiendo complicado las cosas... y perdone la expresión, ¿no cree que sería más prudente marchamos en seguida?

—¿Y la cena, la sin duda excelente cena que el *chef* de lord Yardly ha preparado?

—¡Oh, es por la cena! —dije impaciente.

Poirot alzó los brazos horrorizado.

—*Mon Dieu!* En este país tratan los asuntos gastronómicos con una indiferencia criminal.

—Existe otra razón por la que deseo regresar a Londres lo más pronto posible —continué.

—¿Cuál es, amigo mío?

—El otro diamante —dije bajando la voz—. El de miss Marvell.

—*Eh bien,* ¿qué?

—¿No lo comprende? —su desacostumbrada torpeza me contrariaba. ¿Qué le había ocurrido en sus células grises?—. Ya tienen uno, ahora irán en busca del otro.

—*Tiens!* —exclamó Poirot retrocediendo un paso y contemplándome con admiración—. ¡Su inteligencia es maravillosa, *mon ami!* ¡Imagínese que no se me había ocurrido pensar en ello! ¡Pero queda mucho tiempo! Hasta el viernes no hay luna llena.

Meneé la cabeza, poco convencido. La teoría del plenilunio me daba frío. No obstante, logré convencer a Poirot y partimos inmediatamente, dejando una nota explicatoria y de disculpa para lord Yardly.

Mi intención era ir en seguida al Magnificent para contar a Mary Marvell lo que había ocurrido, pero Poirot puso el veto a mi plan, insistiendo en que con ir a la mañana siguiente era suficiente. Yo me avine a ello de mala gana.

Por la mañana, Poirot pareció poco inclinado a cumplir lo prometido. Empecé a sospechar que, habiéndose equivocado desde el principio, sentíase reacio a llevar la cosa adelante. Como respuesta a mis ruegos, me señaló con admirable sentido común que puesto que los detalles del robo de Yardly Chase habían aparecido en los periódicos de la mañana, los Rolf sabrían ya tanto como podríamos contarles nosotros, y yo tuve que ceder a pesar mío.

Los acontecimientos demostraron que mis temores eran justificados. A eso de las dos sonó el teléfono y Poirot atendió la llamada. Tras escuchar unos instantes dijo brevemente:

—*Bien, j'y serai* —y cortando la comunicación se volvió hacia mí.

—¿Qué cree usted que ha ocurrido, *mon ami?* —parecía entre excitado y avergonzado—. El diamante de miss Marvell ha sido robado.

—¿Qué? —exclamé poniéndome en pie—. Y, ¿qué me dice ahora de la luna llena? —Poirot inclinó la cabeza—. ¿Cuándo ha sido?

—Creo que esta mañana.

Meneé la cabeza con pesar.

—Si me hubiera escuchado. ¿Ve usted cómo tenía razón?

—Eso parece, *mon ami* —repuso Poirot cautamente—. Dicen que las apariencias engañan, pero desde luego parece que así es.

Mientras nos dirigíamos al Magnificent en un taxi, yo iba pensando acerca de la verdadera naturaleza del plan.

—Esa idea de la luna llena ha sido muy inteligente. Su intención era que nos concentráramos el viernes, y de este modo cogernos desprevenidos. Es una pena que no haya usted pensado en ello.

—*Ma foi!* —exclamó vivamente Poirot, que había recobrado su equilibrio—. ¡Uno no puede pensar en todo!

Me dio lástima. Odiaba tanto el fracaso...

—Anímese —le dije para consolarle—. La próxima vez tendrá más suerte.

Una vez en el Magnificent fuimos introducidos inmediatamente en el despacho del gerente. Allí se encontraba Gregory

Rolf con dos hombres de Scotland Yard. Un empleado pálido hallábase sentado ante ellos.

Rolf nos dedicó una inclinación de cabeza al vernos entrar.

—Estamos llegando al fondo de la cuestión —dijo—. Pero es casi increíble. No comprendo el aplomo de ese individuo.

En pocos minutos nos pusimos al corriente. Rolf había salido del hotel a las once y cuarto, y a las once y media un caballero tan parecido a él como para poder suplantarle, entró en el hotel y pidió le fuera entregado el joyero que guardaba en la caja fuerte. Firmó el recibo con la siguiente observación: "Resulta un poco distinta a mi firma habitual porque me he hecho daño al bajar del taxi". El encargado limitóse a sonreír diciendo que él apenas notaba diferencia alguna. Rolf, riendo, contestó: "Bueno, de todas formas esta vez van a encerrarme por falsificador. He estado recibiendo cartas amenazadoras de un chino, y lo peor de todo es que yo tengo cierto parecido con los orientales... por la forma que tienen mis ojos".

—Yo le miré —explicó el empleado que nos lo refería—, y en seguida comprendí lo que quería decir. Sus ojos eran rasgados como los de los chinos. Nunca me había fijado hasta entonces.

—Maldita sea —gruñó Gregory Rolf inclinándose hacia delante—. ¿Lo nota ahora?

El hombre le miró sobresaltado.

—No, señor. Ahora no. Y la verdad es que aquellos ojos eran tan orientales como pueden serlo los suyos.

El hombre de Scotland Yard lanzó un gruñido.

—Muy osado e inteligente. Pensó que tal vez se fijaran en sus ojos y prefirió coger el toro por los cuernos para desvanecer recelos. Debió esperar a que usted saliera del hotel y entrar tan pronto como usted estuvo lejos.

—¿Y qué ha sido del joyero? —pregunté.

—Fue encontrado en uno de los pasillos del hotel. Sólo faltaba una cosa... el "Estrella de Occidente".

Nos miramos perplejos. Todo aquello era tan extraño e irreal...

Poirot se puso en pie.

—Me temo que yo no he servido de mucho —dijo pesaroso—. ¿Podría ver a madame?

—Me parece que está muy abatida por el disgusto —explicó Rolf.

—Entonces, ¿puedo hablar unas palabras con usted a solas, monsieur?

—Desde luego.

A los cinco minutos reapareció Poirot.

—Ahora, amigo mío —dijo alegremente—, corramos a una oficina de telégrafos. Tengo que enviar un telegrama.

—¿A quién?

—A lord Yardly —y para evitar discusiones me cogió del brazo—. Vamos, vamos, *mon ami*. Sé lo que opina de este desgraciado asunto. ¡No me he distinguido precisamente! Usted, en mi lugar, se habría lucido más. *Bien!* Todo hay que reconocerlo. Olvidémoslo y vayamos a comer.

Eran las cuatro de la tarde cuando entramos en la residencia de Hércules Poirot. Una figura se puso en pie junto a la ventana. Era lord Yardly, que parecía cansado y afligido.

—Recibí su telegrama y he venido en seguida. Escuche, he ido a ver a Hoffberg y no sabe nada de ese representante suyo de ayer noche, ni del telegrama. ¿Usted cree que...?

Poirot levantó los brazos.

—¡Le presento mis excusas! Yo envié ese telegrama y contraté al caballero en cuestión.

—¿*Usted*...? Pero, ¿por qué? —exclamó lord Yardly.

—Mi intención era precipitar los acontecimientos.

—¡Precipitarlos! ¡Oh, Dios mío!

—Y el ardid dio resultado —replicó Poirot alegremente—. Por lo tanto, milord, tengo gran placer en devolverle... ¡esto! —y con gesto teatral extrajo de su bolsillo un objeto brillante. Era el "Estrella de Oriente".

—El "Estrella de Oriente" —susurró lord Yardly—. Pero no comprendo.

—¿No? —preguntó Poirot—. No importa. Créame, era necesario que el diamante fuese robado. Le prometí custodiarlo, y he cumplido mi palabra. Tiene que permitirme que guarde mi pequeño secreto. Le ruego que transmita mis respetos a lady Yardly, y le diga lo mucho que celebro poder devolverle la joya. Qué *beau temps,* ¿no? Buenas tardes, milord.

Y sonriendo y charlando, el sorprendente hombrecillo acompañó al asombrado lord hasta la puerta. Al volver, se frotaba las manos satisfecho.

—Poirot —dije—. ¿Es que me he vuelto loco?

—No, *mon ami,* pero está como siempre bajo una "niebla mental".

—¿Cómo consiguió el diamante?

—Me lo dio mister Rolf.

—¿Rolf?

—*Mais oui!* Las cartas amenazadoras, el chino, el artículo de *Comentarios Sociales...* todo era producto del ingenio de mister Rolf. Los dos diamantes que se suponían tan milagrosamente iguales... ¡Bah!, no existían. Sólo había un diamante, amigo mío. Originalmente perteneció a la colección de los Yardly, pero desde hace tres años lo tenía mister Rolf. Lo robó esta mañana con la ayuda de un poco de pintura en los ángulos de sus ojos. Ah, tengo que verle en alguna película, desde luego es un gran artista, *celui-là!*

—Pero, ¿por qué iba a robar su propio brillante? —pregunté irritado.

—Por muchas razones. Para empezar, lady Yardly se estaba volviendo ingobernable.

—¿Lady Yardly?

—Comprenda, se quedaba muy a menudo sola en California. Su esposo iba a divertirse a otra parte. Mister Rolf era atractivo, y todo en él respiraba un aire de romance. Pero *au fond* era muy negociante *ce monsieur.* Le hizo el amor y luego víctima de sus chantajes. Traté de sonsacar a milady la otra noche y lo confesó. Jura que sólo fue indiscreta y le creo. Pero sin duda alguna, Rolf tenía cartas suyas a las que podía darse una interpretación muy distinta. Aterrorizada por la amenaza de divorcio y la perspectiva de tener que separarse de sus hijos, se avino a todo lo que él deseaba. Ella no tenía dinero propio y viose obligada a permitirle que sustituyera la piedra auténtica por una imitación. La coincidencia de la fecha de la aparición del "Estrella de Occidente" me sorprendió en seguida. Todo va bien. Lord Yardly se dispone a regenerarse... a sentar la cabeza. Y entonces surge la amenaza de la posible venta del diamante, y la sustitución sería descubierta. Sin duda alguna, lady Yardly escribiría frenética a Gregory Rolf, que acababa de llegar de Inglaterra. Él la tranquiliza prometiéndole arreglarlo todo... y prepara el doble robo. De este modo tranquilizará a la dama, que pudiera confesarlo todo a su esposo, cosa que no le interesa en absoluto al chantajista, cobrará las cincuenta mil libras del seguro (¡usted lo había olvidado!) y podrá conservar el diamante. En este punto me dispuse a intervenir. Se anuncia la llegada del experto en diamantes. Lady Yardly, tal como yo imaginaba, simula lo del robo... ¡que también lo hace muy bien! Pero Hércules Poirot no ve más que los hechos. ¿Qué ocurre en realidad? La dama apaga la luz, cierra la puerta y arroja el collar por el pasillo, gritando. Ya ha quitado el diamante previamente arriba con unos alicates.

—¡Pero si vimos el collar en su cuello! —objeté.

—Le ruego me perdone, amigo mío. Con la mano tapaba el lugar donde debía estar la piedra. El colocar de antemano un pedazo de seda bordada en la puerta es un juego de niños. Y Rolf, en cuanto leyó lo del robo, preparó su propia comedia. ¡Y vaya si la representó bien!

—¿Qué le dijo usted? —pregunté con curiosidad.

—Le dije que lady Yardly se lo había contado todo a su esposo y que yo tenía plenos poderes para recuperar la joya, y que si no me la entregaba inmediatamente obraría en consecuencia. Y también algunas otras mentirijillas que se me ocurrieron. ¡Fue como cera en mis manos!

—Me parece un poco injusto para Mary Marvell. Ha perdido su diamante sin tener culpa alguna —dije.

—¡Bah! —replicó Poirot en tono duro—. Para ella ha sido una magnífica propaganda. ¡Es lo único que le importa! La otra es muy distinta. *Bonne mere, très femme!*

—Sí —dije poco convencido, y sin compartir plenamente el punto de vista de Poirot acerca de la femineidad—. Supongo que fue Rolf quien le envió las cartas duplicadas.

—*Pas du tout* —replicó Poirot con presteza—. Vino a buscar mi ayuda por consejo de Mary Cavendish. Entonces, al oír que Mary Marvell, que ella sabía su amiga, había estado aquí, cambió de opinión, aceptando el pretexto que usted, amigo mío, le ofrecía. ¡Unas pocas preguntas fueron suficientes para demostrarme que fue *usted* quien mencionó las cartas y no ella! Y se aprovechó de la ventaja que le ofrecían sus palabras.

—¡No lo creo! —exclamé.

—Sí, sí, *mon ami!* Es una lástima que no estudie psicología. ¿Le dijo que había destruido las cartas? *Oh, là, là,* una mujer nunca destruye una carta si puede evitarlo. ¡Ni siquiera cuando es más prudente hacerlo!

—Todo eso está muy bien —dije enojado—, ¡pero me ha dejado en ridículo desde el principio al final! Es muy bonito explicarlo todo después... ¡Es el colmo!

—Pero usted se estaba divirtiendo tanto, amigo mío, que no tuve valor para desilusionarle.

—No tiene perdón. Esta vez ha ido demasiado lejos.

—*Mon Dieu!* Usted se enfada por nada, *mon ami.*

—¡Estoy harto! —y me marché dando un portazo. Poirot se había estado riendo de mí, y decidí que merecía un escarmiento. Dejaría pasar algún tiempo antes de perdonarle. ¡Me había alentado para que me pusiera en ridículo!

TRAGEDIA EN MARSDON MANOR

Había tenido que ausentarme de la ciudad durante unos días y a mi regreso encontré a Poirot preparando su maleta.

—*A la bonne heure,* Hastings. Temía que no llegara a tiempo de acompañarme.

—¿Ha sido llamado para encargarse de algún caso?

—Sí, aunque me veo obligado a reconocer que aparentemente no resulta muy prometedor. La Compañía de Seguros Unión del Norte me ha pedido que investigue la muerte de un tal mister Maltravers, que pocas semanas atrás aseguró su vida por la enorme suma de cincuenta mil libras.

—¿Sí? —dije muy interesado.

—Desde luego, en la póliza figuraba la cláusula acostumbrada referente al suicidio. En el caso de que se suicidara antes del año se perderían todos los derechos para cobrar la prima. Mister Maltravers fue examinado a conciencia por el propio médico de la Compañía, y a pesar de que era un hombre que había dejado atrás la primavera de su vida, gozaba de una salud perfecta. No obstante, el miércoles pasado o sea, anteayer... su cadáver fue encontrado en los alrededores de su casa de Essex, Marsdon Manor, y su muerte fue atribuida a una hemorragia interna. Eso no tendría nada de particular de no ser por los siniestros rumores que circulan con respecto a la posición económica de mister Maltravers en los últimos tiempos, y la Unión del Norte ha descubierto sin duda posible que el caballero estaba al borde de la ruina. Eso lo altera todo considerablemente. Maltravers tenía una esposa muy bonita y joven, y se insinúa que recogió todo el dinero en efectivo que pudo para pagar la póliza del seguro de vida en favor de su esposa y luego se suicidó. Eso no es raro. Ha habido muchos casos semejantes. De todas formas, Alfred Wright, que es el director de la Unión del Norte, me ha pedido que investigue este caso; pero, como yo le he dicho, no tengo grandes esperanzas de lograr el éxito. Si la causa de la muerte hubiera sido un ataque al corazón, me sentiría más confiado. Muchas veces ése es el diagnóstico de los médicos rurales cuando no saben de qué murió en realidad su paciente, pero una hemorragia parece algo bastante definitivo. No obstante, podemos hacer algunas averiguaciones necesarias. Hastings, tiene usted cinco minutos para preparar su maleta y luego tomaremos un taxi hasta Liverpool Street.

Una hora más tarde nos apeábamos del tren del Este en la pequeña estación de Marsdon Leigh. Al preguntar nos informaron de que Marsdon Manor estaba sólo a una milla de distancia. Poirot decidió que fuésemos andando, y emprendimos la marcha por la calle principal.

—¿Cuál es nuestro plan de campaña? —le pregunté.

—Primero iremos a ver al médico. Tengo entendido que sólo hay uno en Marsdon Leigh. El doctor Ralph Bernard. Ah, ahí está su casa.

La casa en cuestión era mayor que las otras y hallábase algo separada de la carretera. Una placa de metal ostentaba el nombre del doctor. Cruzamos el patio e hicimos sonar el timbre.

Tuvimos suerte. Era la hora de la consulta y en aquel momento no había ningún enfermo esperando ser recibido por el doctor Bernard. Éste era un hombre de avanzada edad, de hombros altos un tanto encorvados, y de modales agradables.

Poirot, tras presentarse, le puso al corriente del motivo de su visita, agregando que la Compañía de Seguros tenía que investigar a fondo los casos como aquél.

—Claro, claro —dijo el doctor Bernard—. Supongo que siendo un hombre tan rico tendría la vida asegurada por una gran suma...

—¿Le consideraba usted un hombre rico, doctor?

El médico pareció bastante sorprendido.

—¿No lo era? Tenía dos coches, y Marsdon Manor es una finca muy hermosa y debe costar mucho mantenerla, aunque creo que la compró muy barata.

—Tengo entendido que últimamente experimentó considerables pérdidas —dijo Poirot observando fijamente al doctor.

Sin embargo, este último limitóse a menear la cabeza tristemente.

—¿Ah, sí? Vaya. Entonces su esposa tiene suerte de que hubiera asegurado su vida. Es una joven muy hermosa y encantadora, aunque está muy postrada por esta desgracia. La pobrecilla es un manojo de nervios. Yo he procurado simplificar las cosas todo lo posible, pero el golpe ha sido fuerte.

—¿Había usted atendido recientemente a mister Maltravers?

—Mi querido amigo, yo nunca le atendí.

—¿Qué?

—Tengo entendido que mister Maltravers era un Christian Scientis[1]... o algo parecido.

—¿Pero usted examinó su cadáver?

—Desde luego. Vino a buscarme uno de los jardineros.

—¿Y la causa de la muerte era clara?

—Sí. Tenía sangre en los labios, pero la mayor parte de la hemorragia debió ser interna.

—¿Le encontraron en el mismo lugar donde murió?

—Sí. El cadáver no había sido tocado. Se hallaba tendido en el borde de una plantación. Evidentemente había ido a cazar cornejas, porque junto a él había un pequeño rifle. La hemorragia debió sobrevenirle de repente. Úlcera gástrica seguramente.

—¿No cabe la posibilidad de que le disparasen?

—¡Mi querido amigo!

—Le ruego me perdone —replicó Poirot humildemente—. Pero si no me falla la memoria, en un reciente asesinato, el doctor primero diagnosticó un ataque cardíaco... y luego tuvo que rectificar cuando vieron que el cadáver tenía una herida en la cabeza.

—No encontrará heridas de bala en el cadáver de mister Maltravers —contestó el doctor Bernard secamente—. Ahora, señores, si no desean nada más.

[1] Los que creen en la curación por medio de la fe. (N. del T.)

Comprendimos la indirecta.

—Buenos días y muchísimas gracias, doctor, por haber contestado tan amablemente a nuestras preguntas. A propósito, ¿no ve usted necesidad de practicar la autopsia?

—Desde luego que no. La causa de la muerte está bien clara, y en mi profesión procuramos no molestar innecesariamente a los familiares de un paciente fallecido.

Y el doctor nos dio con la puerta en las narices.

—¿Qué opina usted del doctor Bernard, Hastings? —preguntó Poirot cuando emprendimos el camino del Manor.

—Que es bastante terco.

—Exacto. Sus juicios acerca del carácter de los demás son siempre profundos, amigo mío.

Le miré intranquilo, pero parecía hablar muy en serio. Sin embargo, sus ojos parpadearon al agregar:

—Es decir, ¡cuando no se trata de una mujer bonita!

Le miré fríamente.

Cuando llegamos a la finca, nos abrió la puerta una doncella de mediana edad. Poirot le entregó su tarjeta y una carta de la Compañía de Seguros para mistress Maltravers. Nos hizo pasar a una salita y se retiró para avisar a su señora. Transcurrieron unos diez minutos antes de que se abriera la puerta para dar paso a una figura esbelta vestida de luto.

—¿Monsieur Poirot? —dijo con desmayo.

—¡Madame! —Poirot, poniéndose galantemente de pie, apresuróse a acercarse a ella—. No puedo decirle cuánto lamento tener que molestarla. Pero qué quiere usted. *Les affaires...* no saben lo que es la compasión...

Mistress Maltravers le permitió que la acompañara hasta una silla. Tenía los ojos enrojecidos por el llanto, pero ni esta alteración temporal conseguía empañar su extraordinaria belleza. Tendría unos veintisiete o veintiocho años, era muy rubia, de grandes ojos azules y boca infantil.

—Se trata de algo referente al seguro de mi marido, ¿no? Pero, ¿precisamente tienen que molestarme ahora, tan pronto?

—Valor, mi querida señora. ¡Valor! Su difunto esposo aseguró su vida por una enorme suma, y en tales casos la Compañía siempre tiene que aclarar algunos detalles. Me han dado poderes para que les represente. Puede estar segura de que haré todo lo posible por evitarle molestias desagradables. ¿Querría referirme brevemente los tristes acontecimientos del miércoles?

—Me estaba cambiando para tomar el té cuando subió la doncella... uno de los jardineros acababa de llegar a la casa. Había encontrado...

Su voz se apagó y Poirot le acarició una mano.

—Comprendo. ¡Es suficiente! ¿Había visto usted a su esposo aquella tarde?

—Desde la hora de comer no volví a verle. Yo había ido al pueblo a comprar unos sellos, y creo que él estuvo cazando por estos alrededores.

—¿Tirando a las cornejas, no es eso?

—Sí, solía llevarse el rifle pequeño, y oí un par de disparos lejanos.

—¿Dónde está ahora el rifle?

—Creo que en el vestíbulo.

Nos guió hasta allí y entregó el arma a Poirot, que la examinó a conciencia.

—Veo que el rifle fue disparado dos veces —observó al devolvérselo—. Y ahora, madame, si me permitiera ver...

Se detuvo con suma delicadeza.

—La doncella le acompañará —murmuró, volviendo la cabeza.

Poirot y la doncella se dirigieron al piso de arriba. Yo permanecí con la bella e infortunada joven. No sabía si hablar o permanecer callado. Hice un par de comentarios, a los que ella contestó en tono ausente, y a los pocos minutos mi amigo se reunía con nosotros.

—Le doy las gracias por toda su gentileza, madame —dijo—. No creo que sea preciso volver a molestarla por este asunto. A propósito, ¿sabe usted algo de la posición económica de su esposo?

—Nada en absoluto. Soy muy tonta para los negocios.

—Ya. ¿Entonces no puede darnos ninguna pista acerca de por qué decidió asegurar su vida tan de repente? Tengo entendido que no lo había hecho nunca.

—Bueno, llevábamos casados poco más de un año. Pero, en cuanto el porqué aseguró su vida, fue porque estaba completamente convencido de que no viviría mucho. Tenía un terco presentimiento sobre su propia muerte. Supongo que habría tenido alguna hemorragia, y sabría que otra podría ser fatal. Yo traté de disipar sus temores, pero sin resultado. ¡Cielos, cuánta razón tenía!

Y con lágrimas en los ojos nos despidió. Poirot hizo un gesto característico mientras echábamos a andar por el camino.

—*Eh bien,* ¡eso es! Regresemos a Londres, amigo mío, parece que aquí no hay gato encerrado. Y no obstante...

—Y no obstante, ¿qué?

—¡Una ligera discrepancia, eso es todo! ¿Lo ha observado usted? ¿No? Sin embargo, la vida está llena de discrepancias y no cabe duda de que ese hombre no pudo suicidarse... no hay veneno capaz de llenar su boca de sangre. No, no; debo resignarme a pensar que todo está claro y libre de sospechas... pero..., ¿qué es esto?

Un hombre alto se acercaba por el camino. Pasó junto a nosotros sin inmutarse. Yo noté que era bien parecido, con un rostro limpio y bronceado que hablaba de una vida en un clima tropical. Un jardinero que estaba barriendo las hojas se detuvo unos instantes para descansar y Poirot se dirigió rápidamente hacia él.

—Dígame, por favor, ¿quién es ese caballero? ¿Le conoce?

—No recuerdo su nombre, señor, aunque alguna vez lo he oído. La semana pasada estuvo aquí una noche. El martes.

—De prisa, *mon ami,* sigámosle.

Nos apresuramos tras el hombre que se alejaba. Al ver una figura de negro en la terraza lateral de la casa avanzó hacia ella y nosotros tras él, de modo que fuimos claros testigos de aquel encuentro que nos salió al paso de improviso.

Mistress Maltravers se quedó como clavada en el suelo y su rostro palideció intensamente.

—¿Tú? —exclamó—. Pensé que estabas navegando... camino de África...

—Recibí ciertas noticias de mis abogados que me han retenido —explicó el joven—. Mi anciano tío que vivía en Escocia falleció inesperadamente y me dejó algún dinero. Dadas las circunstancias creí conveniente cancelar mi pasaje. Luego leí la triste noticia en el periódico y he venido para ver si puedo ayudarte en algo. Tal vez desees que alguien cuide de todo esto durante algún tiempo.

En aquel preciso instante advirtieron nuestra presencia. Poirot se adelantó y, deshaciéndose en excusas, explicó que había dejado su bastón en el vestíbulo. De bastante mala gana, o por lo menos así me lo pareció, mistress Maltravers hizo las presentaciones oportunas.

—Monsieur Poirot. El capitán Black.

Durante la breve charla, Poirot averiguó que el capitán Black se hospedaba en la Posada del Ancla. El bastón no había aparecido (lo cual no es de extrañar), y Poirot y yo nos marchamos tras nuevas disculpas.

Regresamos al pueblo a buen paso y Poirot quiso que fuéramos a la Posada del Ancla.

—Aquí nos instalaremos hasta que vuelva el capitán —explicó—. ¿Se ha fijado usted en que puse de relieve que íbamos a regresar a Londres en el primer tren? Es posible que usted pensase que era así. Pues no... ¿Observó el rostro de mistress Maltravers al ver al joven Black? Evidentemente se sorprendió y él... *eh bien,* él estuvo muy cariñoso, ¿no le parece? Y vino aquí el martes por la noche... o sea, el día antes de que muriera mister Maltravers. Tenemos que investigar las andanzas del capitán Black, Hastings.

Durante media hora espiamos la llegada de nuestro hombre a la posada. Poirot salió a su encuentro acosándole y al fin le trajo a la habitación que habíamos reservado.

—Le he estado explicando al capitán Black la misión que nos trae aquí —dijo Poirot—. Puede usted comprender, *mon-*

sieur le capitaine, que deseo conocer el estado de ánimo de mister Maltravers antes de su muerte, y que al mismo tiempo no quisiera molestar a mistress Maltravers haciéndole preguntas dolorosas. Usted estuvo aquí el día antes de la desgracia, y puede darnos una información igualmente valiosa.

—Haré todo lo que me sea posible por ayudarles, se lo aseguro —replicó el joven militar—, peró no observé nada de extraordinario. Comprenda, aunque mister Maltravers era un amigo de la familia, yo apenas le conocía.

—¿Cuándo vino usted?

—El martes por la tarde. Regresé a la ciudad a primera hora de la mañana del miércoles, ya que mi barco salía de Tilbury a eso de las doce. Pero ciertas noticias que recibí me hicieron variar mi plan, y me atrevo a asegurar que ustedes ya me oyeron explicárselo a mistress Maltravers.

—¿Tengo entendido que regresaba usted a África, capitán?

—Sí. He estado allí desde la guerra... un gran país.

—Exacto. ¿De qué hablaron durante la cena del martes?

—Oh, no lo sé. Se habló de los tópicos corrientes. Maltravers me preguntó por mi familia, luego discutimos la cuestión de la reconstrucción de Alemania, y mistress Maltravers me hizo muchas preguntas sobre África Oriental. Yo les conté un par de anécdotas... y creo que esto fue todo.

—Gracias.

Poirot guardó silencio unos instantes y al cabo dijo amablemente:

—Con su permiso, me agradaría ensayar un pequeño experimento. Usted nos ha dicho todo lo que sabe su consciente. Ahora deseo interrogar a su subconsciente.

—¿Qué? ¿Psicoanálisis? —exclamó Black, visiblemente alarmado.

—¡Oh, no! —repuso Poirot tranquilizándole—. Verá, se trata de lo siguiente: yo le digo una palabra, usted responde con otra, y así sucesivamente. Cualquier palabra, la primera que se le ocurra. ¿Quiere que empecemos?

—De acuerdo —repuso Black despacio, aunque intranquilo.

—Anote las palabras, haga el favor, Hastings —dijo Poirot. Luego sacó su enorme reloj de bolsillo y lo dejó encima de la mesa—. Vamos a empezar. Día.

Hubo una pausa momentánea y al fin Black replicó:

—*Noche.*

Poco a poco sus respuestas fueron más rápidas.

—Nombre —dijo Poirot.

—*Lugar.*

—Bernard.

—*Shaw.*

—Martes.

—*Cena.*

—Viaje.

—*Barco.*

—País.

—*Uganda.*

—Historia.

—*Leones.*

—Rifle corto.

—*Finca.*

—Disparo.

—*Suicidio.*

—Elefante.

—*Colmillos.*

—Dinero.

—*Abogados.*

—Gracias, capitán Black. Tal vez pueda usted concederme unos minutos dentro de media hora.

—¡Desde luego! —El militar le miró con curiosidad, secándose la frente mientras se levantaba.

—Y ahora, Hastings —me dijo Poirot sonriente cuando hubo cerrado la puerta tras él—. Lo comprende usted todo, ¿no es cierto?

—No sé a qué se refiere.

—¿Es que no le dice nada esta lista de palabras?

La repasé, pero me vi obligado a negar con la cabeza.

—Le ayudaré. Para empezar, Black contestó bien dentro del límite normal; sin pausas, de modo que podemos deducir que no tenía conciencia de culpabilidad y por lo tanto nada que ocultar. "Día" y "Noche", "Lugar" y "Nombre" son asociaciones normales. Empecé a trabajar con la palabra "Bernard", que pudo haberle sugerido el médico de la localidad de haber tenido contacto con él. Es evidente que no fue así. Después de nuestra reciente conversación dijo por respuesta "Cena" a mi "Martes", pero "Viaje" y "País" fueron contestados con "Barco" y "Uganda", demostrando claramente lo que le trajo aquí. "Historia" le recuerda una de las anécdotas sobre la caza del "León" que estuvo contando durante la cena. Seguí con la palabra "Rifle corto" y responde inesperadamente "Finca". Y cuando digo "Disparo" contesta sin dilación "Suicidio". La asociación parece clara. Un hombre que él conoce se ha suicidado con un rifle corto en una finca. Recuerde también que su mente sigue recordando las historietas que contó en la cena, y creo que estará de acuerdo conmigo en que no puedo estar muy lejos de la verdad si le pido al capitán Black que me repita esa historia sobre un suicidio particular que contó la noche del martes.

Black no tuvo el menor inconveniente.

—Sí, ahora que lo pienso —dijo— les conté esa historia. Un individuo se suicidó en una finca pegándose un tiro. Lo hizo apuntándose el rifle al paladar y la bala se alojó en su cerebro. Los médicos estaban intrigadísimos... no había nada que lo indicase excepto un poco de sangre en sus labios. Pero ¿qué...? —el capitán se detuvo.

—¿Qué tiene esto que ver con mister Maltravers? Veo que ignora que había un rifle corto junto al cadáver.

—¡Quiere usted decir que mi historia le dio la idea... ah, es horrible!

—No se atormente... hubiera sido igual, de un modo u otro. Bien, tengo que telefonear a Londres cuanto antes.

Poirot sostuvo una larga conversación por teléfono, y regresó pensativo. Salió solo aquella tarde, y a las siete me anunció que no podía resistir más y que iba a comunicar la noticia a la joven viuda, a quien yo había entregado toda mi simpatía sin la menor reserva. Quedarse sin un céntimo, y con el conocimiento de que su marido se había suicidado para asegurar su futuro, es una carga muy pesada para cualquier mujer. Sin embargo, yo abrigaba la secreta esperanza de que el joven Black pudiera consolarla una vez transcurridos los primeros momentos de pesar. Era evidente que la admiraba muchísimo.

Nuestra entrevista con la dama fue muy dolorosa. Se negó a creer los hechos que Poirot le presentaba, y cuando al fin se convenció rompió a llorar amargamente. El examen del cadáver hizo que se confirmaran nuestras sospechas. Poirot lo lamentó muchísimo por la pobre señora, pero al fin y al cabo, trabajaba para la Compañía de Seguros, y, ¿qué podía hacer? Cuando ya se disponía a marchar, le dijo a mistress Maltravers con toda amabilidad:

—¡Madame!, ¡usted debía haber sabido que la muerte no fue natural!

—¿Qué quiere decir? —preguntó con los ojos muy abiertos.

—¿Ha asistido alguna vez a una sesión de espiritismo? Usted sería una buena médium.

—Ya me lo habían dicho. Pero usted no cree en el espiritismo, ¿verdad?

—Madame, he visto cosas muy extrañas. ¿Sabe usted que en el pueblo se dice que esta casa está encantada?

Ella asintió y en aquel momento la doncella anunció que la cena estaba servida.

—¿No quieren ustedes quedarse a tomar algo?

Aceptamos agradecidos y pensando que una vez nuestra presencia distrajera un poco sus tristes pensamientos.

Acabábamos de terminar la sopa cuando se oyó un grito detrás de la puerta y ruido de loza al romperse. Nos pusimos en pie de un salto al tiempo que aparecía la doncella con la mano sobre el corazón.

—Era un hombre... en mitad del pasillo.

Hércules Poirot corrió fuera del comedor, pero regresó rápidamente.

—No hay nadie.

—¿No, señor? —dijo la doncella con voz débil—. ¡Oh, me he llevado un susto!

—¿Pero por qué?

—Creí... que era el señor... se parecía a él.

Vi que mistress Maltravers se sobresaltaba, y sin darme cuenta me acordé de la superstición que asegura que un suicida no puede descansar. Ella también debió pensarlo, estoy seguro, ya que un minuto más tarde agarró del brazo a Poirot lanzando un doloroso grito.

—¿Ha oído? ¿Esos golpes en la ventana? Así es *cómo* solía llamar cuando pasaba junto a la casa.

—Es la hiedra —dije yo—. El viento la hace golpear contra el marco.

Pero cierto nerviosismo se iba apoderando de todos nosotros. La doncella estaba descompuesta, y cuando la cena hubo terminado mistress Maltravers suplicó a Poirot que no se marchase en seguida. Temía quedarse sola, y permanecimos sentados en la salita. El viento iba aumentando y gemía alrededor de la casa de un modo aterrador. Por dos veces se abrió la puerta lentamente, y cada vez la viuda se agarraba a mí despavorida.

—¡Ah, pero esa puerta está embrujada! —exclamó Poirot irritado. Se levantó y la cerró una vez más, dando luego vuelta a la llave—. ¡La cerraré con llave, así!

—No lo haga —dijo mistress Maltravers—, si ahora volviera a abrirse...

Y mientras hablaba ocurrió lo imposible. La puerta volvió a abrirse, poco a poco. Yo no podía ver el pasillo desde donde estaba, pero Poirot y ella sí. Con un estremecimiento volvióse hacia él.

—¿Le ha visto... allí en el pasillo? —exclamó impresionada.

Él la miraba con extrañeza y al fin meneó la cabeza.

—Le he visto, era mi esposo; tiene que haberle visto usted también.

—Madame, yo no vi nada. Usted no está bien... está alterada.

—Estoy perfectamente bien. Yo... ¡Oh, Dios mío!

De pronto, sin previo aviso, las luces oscilaron y se apagaron. En la oscuridad sonaron tres fuertes golpes, y pude oír un gemido de mistress Maltravers.

¡Y entonces... le vi!

El hombre que había visto en la cama de arriba estaba allí de pie, rodeado de una luz fantasmal. Tenía los labios manchados de sangre y la mano derecha extendida, señalando. De pronto una luz brillante pareció salir de su mano, pasó ante Poirot y ante mí y cayó sobre mistress Maltravers. ¡Vi su rostro pálido de terror y algo más!

—¡Cielos, Poirot! —exclamé—. Mire su mano, su mano derecha. ¡Está roja!

Ella bajó los ojos para mirarla e inmediatamente cayó al suelo.

—Sangre —exclamó con voz histérica—. Sí, es sangre. Yo le maté. Yo lo hice. Puse mi mano en el gatillo y apreté. ¡Sálveme... sálveme! ¡Ya vuelve!

Su voz se apagó en un sollozo.

—Luces —dijo Poirot.

Y las luces se encendieron como por arte de magia.

—Eso es —continuó—. ¿Ha oído usted, Hastings? ¿Y usted, Everett? Oh, a propósito, éste es mister Everett, un buen artista de teatro. Le telefoneé esta tarde, su caracterización es buena, ¿verdad? Idéntico al difunto, y con una linterna y el fósforo necesario ha dado la impresión adecuada. Yo que usted no le tocaría la mano derecha, Hastings. La pintura roja mancha mucho. Cuando se apagaron las luces cogí la mano de mistress Maltravers, ¿comprende? A propósito, no debemos perder nuestro tren. El inspector Japp está fuera, detrás de la ventana. Una mala noche... pero ha podido entretenerse golpeándola de vez en cuando.

»¿Comprende? —continuó Poirot mientras caminábamos contra el viento y la lluvia—, había una ligera discrepancia. El doctor creía que el difunto era un Christian Scientist, y ¿quién pudo habérselo dicho sino mistress Maltravers? Pero ante nosotros ésta simuló que su esposo estaba muy preocupado por su salud. ¿Y por qué le sorprendió tanto el regreso del joven Black? Y por último, aunque sé que los convencionalismos exigen que una mujer guarde luto riguroso por su marido, no creo que sea necesario pintarse tanto los párpados de oscuro. ¿No se fijó usted, Hastings? ¿No? Como siempre le he dicho, ¡usted no ve nada!

»Bien, así fue. Caben dos posibilidades. ¿La historia de Black sugirió a mister Maltravers una idea ingeniosa para suicidarse, o bien su otro oyente, la esposa, vio un sistema igualmente original de cometer un crimen? Yo me inclino por lo último. Para disparar en la posición inclinada, probablemente hubiera tenido que apretar el gatillo con el pie... o por lo menos eso imagino. Ahora bien, si mister Maltravers hubiera sido encontrado con un pie descalzo, es seguro que lo hubiéramos sabido. Un detalle así no pasa inadvertido.

»No, como le digo, me sentí inclinado a considerarlo un caso de asesinato y no un suicidio, pero comprendí que no tenía la menor prueba en qué basar mi teoría. De ahí la comedia que ha visto representar con gran detalle esta noche.

—Incluso ahora no veo todos los detalles del crimen —dije.

—Empecemos por el principio. Aquí tenemos una mujer astuta y calculadora, que conociendo la *débâcle* económica de su esposo, con quien se casó por interés, le induce a que asegure su vida a su favor por una fuerte suma y luego busca el medio de quitarlo de en medio. Una casualidad se lo ofrece... la extraña historia del joven militar. A la tarde siguiente, cuando supone que *monsieur le capitaine* está ya en alta mar, pasea con su esposo por los alrededores. "¡Qué historia más curiosa la de ayer noche!" —comenta—. "¿Es posible que un hombre pueda matarse de ese modo? ¡Demuéstramelo si es posible!" El ingenuo... la complace. Mete el cañón del rifle en su boca. Ella se agacha y pone el dedo en el gatillo riendo. "Y ahora —le dice con gran desfachatez—, ¿supón que apretase el gatillo?"

"Y entonces... y entonces, Hastings..., ¡lo apretó!

LA AVENTURA DEL PISO BARATO

Hasta el momento, en todos los casos que yo he relatado, las investigaciones de Poirot se iniciaron partiendo del factor central, ya fuese crimen o robo, y fueron siguiendo un proceso de deducciones lógicas hasta llegar a la solución final. En los acontecimientos que ahora voy a relatar, una curiosa cadena de circunstancias tuvo su principio en ciertos incidentes aparentemente triviales que atrajeron la atención de Poirot y culminó en los siniestros sucesos que constituyeron uno de sus casos más extraordinarios.

Yo había pasado la tarde con un antiguo amigo mío, Gerald Parker. Además de mi anfitrión, hallábanse presentes una media docena de personas, y la conversación acabó por recaer, como era lógico que ocurriera, sobre el tema de la "caza de pisos" en Londres. Casa y pisos eran la debilidad de Parker. Desde el final de la guerra había ocupado por lo menos seis pisos distintos. Aunque acabara de instalarse, si encontraba un nuevo piso o casa se mudaba en seguida con todos sus muebles. Sus traslados iban siempre acompañados de una ligera mejora económica, ya que poseía una cabeza muy predispuesta para los negocios, pero su acicate principal era el amor al deporte y no al deseo de hacer dinero. Escuchamos a Parker durante cierto tiempo con el respeto de los novatos ante un experto. Cuando nos tocó el turno, aquello fue una perfecta babel de lenguas desatadas. Por fin cedimos el terreno a mistress Robinson, una encantadora joven que estaba allí acompañada de su esposo. Yo no los había visto hasta entonces, y aquel Robinson era una amistad reciente de Parker.

—Hablando de pisos —dijo—, ¿se ha enterado usted de la suerte que hemos tenido, Parker? ¡Tenemos piso... por fin! En Montagu's Mansions.

—Bueno —replicó Parker—. Siempre he dicho que es fácil hallar piso... si no se repara en el precio.

—Sí, pero éste no es caro, sino baratísimo. ¡Ochenta libras al año!

—Pero... Montagu's Mansions está cerca de Kinghts-bridge, ¿no? Es un edificio muy hermoso. ¿O se refiere usted a alguna otra casa situada en esos barrios?

—No, a la de Kinghtsbridge. Por eso es tan maravilloso.

—¡Ésa es la palabra, maravilloso! Es un milagro. Pero supongo que habrán pagado un enorme traspaso...

—¡Sin traspaso!

—Sin tras... oh, ¡sostenedme, por favor! —gimió Parker.

—Hemos tenido que comprar los muebles —dijo mistress Robinson.

—¡Ah! ¡Ya sabía que habría algo!

—Por cincuenta libras. ¡Y está estupendamente amueblado!

—Me doy por vencido —dijo Parker—. Sus ocupantes debían ser lunáticos con una gran afición a la filantropía.

Mistress Robinson parecía un poco preocupada y se formó un ligero ceño entre sus cuidadas cejas.

—Es extraño, ¿verdad? ¿No cree que ese... ese sitio debe de estar *encantado*?

—Nunca oí hablar de un piso embrujado —declaró Parker con decisión.

—No. —Mistress Robinson no parecía muy convencida—. Pero hay varias cosas que me han parecido... bueno, extrañas.

—Por ejemplo... —dije yo.

—Ah —replicó Parker—. ¡Ha despertado la curiosidad de nuestro experto criminalista! Confíese a él, mistress Robinson. Hastings es un gran esclarecedor de misterios.

Yo reí, un tanto violento, pero no del todo disgustado por sus palabras.

—Oh, no son precisamente extrañas, capitán Hastings, pero cuando acudimos a los agentes Stosser y Paul... no habíamos recurrido a ellos antes porque sólo tenían pisos en Mayfair, carísimos; pero pensamos que de todas formas valía la pena intentarlo...

Todo lo que nos ofrecieron era de cuatrocientas a quinientas libras al año, enormes traspasos, y luego, cuando ya nos íbamos nos dijeron que tenían un piso de ochenta, ya que lo tenían anotado en los libros desde tiempo atrás y habían enviado a verlo a tantas personas que casi seguro que estaría ya alquilado por ser una ganga...

Mistress Robinson hizo una pausa para tomar aliento y luego continuó:

—Les dimos las gracias, y les dijimos que era comprensible que estuviera ya alquilado, pero de todas formas iríamos a ver... por si acaso. Fuimos directamente en un taxi, porque al fin y al cabo nunca se sabe. El número cuatro estaba en el segundo piso, y mientras esperábamos el ascensor vi que mi amiga Elsie Ferguson, que también andaba buscando piso, bajaba corriendo la escalera. "Esta vez he llegado antes que tú —me dijo—. Pero no me ha servido de nada. Ya está alquilado." Aquello parecía dar por terminado el asunto, pero... como John dijo, el piso era muy barato y nosotros podíamos pagar más, incluso ofrecer un traspaso. Claro que es una cosa fea, y me avergüenza confesarlo, capitán Hastings, pero ya sabe usted lo que es ir a "la caza de un piso".

Le aseguré que estaba al corriente de lo que significaba la lucha por la vivienda.

—De modo que subimos, y ¿quiere usted creerlo?, el piso no estaba alquilado. Nos abrió la puerta una doncella, y cuando vimos a la señora lo dejamos todo arreglado. Entrega inmediata y cincuenta libras por el mobiliario. ¡Al día siguiente firmamos el contrato y mañana nos mudamos! —Mistress Robinson se detuvo triunfante.

—¿Y qué me dice usted de mistress Ferguson? —preguntó Parker—. Oigamos sus deducciones, Hastings.

—Es evidente, mi querido Watson —repliqué alegremente—. Ella se equivocó de piso.

—¡Oh, capitán Hastings, qué inteligente es usted! —exclamó mistress Robinson admirada.

Yo deseaba que Poirot hubiera estado allí. Algunas veces tengo la impresión de que no sabe apreciar mis habilidades.

Todo aquel asunto resultaba divertido y se lo conté a Poirot a la mañana siguiente. Pareció interesado y me estuvo interrogando minuciosamente acerca de las rentas de los pisos en diversos lugares.

—Es una historia curiosa —me dijo pensativo—. Perdóneme, Hastings, debo ir a dar un paseo.

Cuando regresó, cosa de una hora más tarde, le brillaban los ojos con una excitación especial. Dejó el bastón encima de la mesa y cepilló la copa de su sombrero con su habitual esmero, antes de hablar.

—Es una suerte, *mon ami,* que de momento no tenga ningún caso entre manos. Podemos dedicarnos plenamente a esta investigación.

—¿De qué investigación me está hablando?

—De la extraordinaria baratura del piso encontrado por su amiga, mistress Robinson.

—¡Poirot, espero que no hable en serio!

—Muy en serio. Imagínese, amigo mío, que la verdadera renta de esos pisos es de trescientas cincuenta libras al año. Lo acabo de comprobar por medio del administrador. ¡Y no obstante, ese piso ha sido alquilado por ochenta libras! ¿Por qué?

—Tiene que tener algún inconveniente. Tal vez esté encantado, como insinuó mistress Robinson.

Poirot meneó la cabeza poco convencido.

—Entonces es curioso que su amiga le dijera que el piso estaba alquilado, y cuando ella sube resulta que no es así.

—Debió de equivocarse de piso. Es la única explicación posible.

—En eso puede usted tener razón o no, Hastings. Pero sigue existiendo el hecho de que numerosos clientes fueron a verlo y no obstante, a pesar de su extraordinaria baratura, estaba todavía libre cuando llegaron los Robinson.

—Eso demuestra que *tiene que tener* algún inconveniente.

—Mistress Robinson no notó nada. Es muy curioso, ¿no? ¿Le dio la impresión de ser una mujer sincera, Hastings?

—¡Es una criatura deliciosa!

—*Évidemment!,* puesto que le ha dejado a usted incapaz de contestar a mi pregunta. Descríbamela.

—Bien, es alta y rubia; en realidad sus cabellos tienen un delicioso tono castaño rojizo...

—¡Siempre ha tenido usted debilidad por las pelirrojas! —murmuró Poirot—. Pero continúe.

—Ojos azules, hermosas facciones y... bueno, creo que eso es todo —terminé avergonzado.

—¿Y su esposo?

—Es un individuo muy agradable... nada de particular.

—¿Moreno o rubio?

—No lo sé... ni una cosa ni otra, y tiene una cara muy vulgar.

—Sí, hay cientos de hombres como éste y, de todas maneras, usted sabe describir mejor a las mujeres. ¿Sabe algo de esta pareja? ¿Parker les conoce bien?

—Creo que desde hace poco. Pero, Poirot, no pensará usted ni por un momento...

Poirot levantó la mano.

—*Tout doucement, mon ami.* ¿Es que acaso he dicho que pensaba algo? Todo lo que he dicho... es que la historia resulta curiosa. Y no hay nada que pueda arrojar alguna luz sobre ella, excepto el nombre de esa dama, ¿eh, Hastings? ¿Cuál es su nombre?

—Se llama Stella —repliqué—, pero no comprendo...

Poirot me interrumpió riendo regocijado. Al parecer, algo le divertía extraordinariamente.

—Y Stella significa estrella, ¿no? ¡Es muy conocido!

—¿Qué diablos...?

—¡Y las estrellas dan luz! *Voilà.* Cálmese, Hastings, y no adopte ese aire de dignidad ofendida. Vamos, iremos a Montagu's Mansions a hacer algunas averiguaciones.

Le acompañé sin rechistar. Montagu's Mansions era un hermoso bloque de viviendas. Un portero uniformado resplandecía en la entrada y a él se dirigió Poirot.

—Perdone, ¿podría decirnos si viven aquí Mr. y Mrs. Robinson?

El portero, al parecer era hombre de pocas palabras y muy receloso. Sin apenas miramos, replicó:

—El número cuatro. Segundo piso.

—Gracias. ¿Puede decirme cuánto tiempo llevan aquí?

—Seis meses.

Yo me adelanté, presa de gran extrañeza, consciente de la sonrisa maliciosa de Poirot.

—Imposible —exclamé—. Usted se equivoca por completo.

—Seis meses.

—¿Está seguro? La señora a que me refiero es alta, de cabellos rubios y...

—Esa misma —repuso el portero—. Llegaron hace exactamente seis meses.

Pareció perder todo interés por nosotros y desapareció lentamente por el portal. Yo seguí a Poirot al exterior.

—*Eh bien*, Hastings —dijo mi amigo—. ¿Está ahora tan seguro de que esa joven dice siempre la verdad?

Yo no contesté.

Poirot había emprendido la marcha por Brompton Road antes de que yo le preguntase qué era lo que iba a hacer respecto a la cuestión, en el lugar al que a la sazón nos dirigíamos.

—¿Adónde nos dirigimos?

—A ver a esos agentes, Hastings. Siento enormes deseos de tener un piso en Montagu's Mansions. Si no me equivoco, van a ocurrir cosas muy interesantes dentro de poco tiempo.

Tuvimos suerte. El número ocho, situado en el cuarto piso, se alquilaba amueblado por diez guineas semanales: Poirot lo tomó por un mes. Una vez de nuevo en la calle, acalló mis protestas diciendo:

—¡Pero si actualmente gano dinero! ¿Por qué no puedo permitirme un capricho? A propósito, Hastings, ¿tiene usted un revólver?

—Sí... por algún sitio... —repliqué ligeramente emocionado—. ¿Usted cree...?

—¿Que vamos a necesitarlo? Es muy posible. Veo que la idea le complace. Siempre le emociona lo espectacular y romántico.

El día siguiente nos sorprendió instalados en nuestro hogar temporal. El piso estaba bien amueblado, y ocupaba la misma posición en el edificio que el de los Robinson, aunque dos pisos más arriba.

En la tarde del día siguiente al de nuestro traslado, que era domingo, Poirot dejó la puerta del piso entreabierta y me llamó apresuradamente al oír un fuerte portazo procedente de los pisos inferiores.

—Mire por la escalera. ¿Son ésos sus amigos? No deje que le vean.

Yo alargué el cuello por el amplio hueco de la escalera.

—Ellos son —declaré en un susurro.

—Bien. Aguarde un poco.

Una media hora más tarde una mujer joven salió del piso de los Robinson vestida llamativamente con gran variedad de prendas. Con un suspiro de satisfacción, Poirot volvió a entrar de puntillas.

—*C'est ça*. Después del señor y la señora, la doncella. Ahora el piso estará completamente vacío.

—¿Qué vamos a hacer? —pregunté intranquilo.

Poirot se había dirigido a la despensa y estaba tirando de la cuerda del montacargas.

—Vamos a descender como si fuéramos cubos de la basura —me explicó alegremente— Nadie nos verá. El concierto del domingo, la "salida" del domingo por la tarde, y finalmente, la siesta después de la comida dominical inglesa..., *le rosbif*... y demás, distraerán la atención de las andanzas de Hércules Poirot. Vamos, amigo mío.

Se introdujo en el rústico artefacto de madera, y yo le seguí de mala gana.

—¿Es que piensa allanar el piso? —le pregunté extrañado.

La respuesta de Poirot no fue del todo tranquilizadora.

—Hoy precisamente, no —replicó.

Soltando la cuerda lentamente fuimos bajando hasta llegar al segundo piso. Poirot exhaló un suspiro de satisfacción al ver que la puerta de la despensa estaba abierta.

—¿Se da cuenta? Hoy en día nadie cierra las ventanas. Y no obstante cualquiera podría subir o bajar como nosotros lo hemos hecho. Por la noche, sí..., aunque tal vez no siempre..., y contra esa posibilidad hemos de asegurarnos.

Había ido sacando algunas herramientas de su bolsillo y en seguida se puso a trabajar. Su propósito era disponer del pestillo de modo que pudiera ser corrido desde el montacargas. La operación sólo le ocupó unos tres minutos. Luego volvió a guardar las herramientas en su bolsillo y regresamos una vez más a nuestro piso.

El lunes Poirot estuvo fuera todo el día, pero cuando regresó por la tarde se dejó caer en su butaca con un suspiro de satisfacción.

—Hastings, ¿quiere que le cuente una pequeña historia? ¿Una historia que le gustará y le hará recordar sus películas favoritas?

—Adelante —reí—. Supongo que será una historia auténtica y no un producto de su fantasía.

—Es absolutamente cierta. El inspector Japp, de Scotland Yard, responderá de su veracidad, puesto que ha llegado a mis oídos a través de su departamento. Escuche, Hastings. Hace poco más de seis meses fueron robados del correspondiente departamento del Gobierno de Estados Unidos unos importantes planos navales, en los que se indicaba la posición de los puertos de defensa más importantes, y que tenían un valor considerable para cualquier Gobierno extranjero..., el del Japón, por ejemplo. Las sospechas recayeron sobre un joven llamado Luigi Valdarno, italiano de nacimiento, que estaba empleado en el departamento y que desapareció al mismo tiempo que los papeles. Fuera o no el ladrón, Luigi Valdarno fue encontrado muerto de un balazo dos días más tarde en la zona este de Nueva York. No mucho tiempo antes, Luigi Valdarno fue visto con miss Elsa Hardt, una joven soprano surgida recientemente, y que vivía con un hermano en un piso de Washington. Nada se sabía de los antecedentes de miss Elsa Hardt, que desapareció repentinamente al ser asesinado Valdarno. Existen razones para creer que en realidad era una espía internacional que había realizado trabajos nefastos usando diversos alias. El Servicio Secreto americano, mientras hacía todo lo posible para dar con ella, no perdía de vista a cierto insignificante caballero japonés que vivía en Washington. Estaba bastante seguro de que cuando Elsa Hardt hubiera cubierto suficientemente su retirada se pondría en contacto con el sujeto en cuestión. Uno de ellos salió para Inglaterra. —Poirot hizo una pausa y luego agregó en tono más bajo—: La descripción oficial de Elsa Hardt es: estatura, un metro sesenta y ocho, ojos azules, cabello castaño rojizo, nariz recta y ninguna característica especial.

—¡Mistress Robinson! —exclamé.

—Bien, cabe esa posibilidad —admitió Poirot—. Y también se ha sabido que un hombre moreno, extranjero, estuvo preguntando por los inquilinos del número cuatro de la misma mañana. Por consiguiente, *mon ami,* me temo que esta noche tendrá que renunciar a su dulce sueño y hacer guardia conmigo en el piso de abajo... armado con su excelente revólver, *bien entendu?*

—Estupendo —repliqué entusiasmado—. ¿Cuándo empezaremos?

—La medianoche es una hora solemne y conveniente.

A las doce en punto nos instalamos con grandes precauciones en el montacargas y fuimos descendiendo hasta el segundo piso. Gracias a las manipulaciones de Poirot, la puerta de madera se abrió rápidamente. De la despensa pasamos a la cocina, donde nos acomodamos en sendas sillas, dejando entreabierta la puerta del recibidor.

—Ahora sólo tenemos que esperar —dijo Poirot, contento y cerrando los ojos.

La espera se me hizo interminable. Tenía miedo de quedarme dormido. Cuando me parecía que llevábamos allí unas ocho horas... y en realidad había transcurrido sólo una hora y veinte minutos, como luego averigüé..., llegó a mis oídos un ligero rumor y noté que Poirot asía mi mano. Me puse en pie y juntos nos acercamos silenciosamente al recibidor. El ruido venía de allí. Poirot acercó sus labios a mi oído.

—Es la puerta principal. Están quitando la cerradura. Cuando yo le avise, y no antes, salte por detrás sobre él y sujétele con fuerza. Tenga cuidado porque llevará un cuchillo.

Al fin se oyó un crujido final y un pequeño círculo de luz penetró en la estancia. Se extinguió inmediatamente y luego la puerta se fue abriendo despacio. Poirot y yo pegamos nuestras espaldas a la pared, y oí la respiración de un hombre que pasaba ante nosotros. Luego volvió a encender su linterna, y en aquel momento Poirot siseó a mi oído:

—*Allez.*

Saltamos a un tiempo. Poirot, con un movimiento rápido, envolvió la cabeza del intruso con una ligera bufanda de lana, mientras yo sujetaba sus brazos. Todo se llevó a cabo silenciosamente. Le quité la daga de la mano, y en tanto que Poirot lo amordazaba, yo saqué mi revólver para que pudiera verlo y comprender que toda resistencia sería inútil. Cuando dejó de resistirse, Poirot acercó los labios a su oído y empezó a susurrar a toda velocidad. Al cabo de unos instantes el hombre asintió. Luego, imponiendo silencio con un gesto, Poirot salió del piso y empezó a bajar la escalera. Nuestro prisionero le seguía y yo cerraba la marcha encañonándole con el revólver. Cuando estuvimos en la calle, al momento Poirot volvióse hacia mí.

—Hay un taxi parado en la esquina. Déme el revólver. Ahora ya no lo necesitamos.

—Pero ¿y si intenta escapar?

Poirot sonrió.

—No hay cuidado.

Regresé con el taxi. Poirot había quitado la mordaza al desconocido y yo lancé una exclamación de verdadera sorpresa.

—No es un japonés —dije a Poirot en un susurro.

—¡La observación ha sido siempre su fuerte Hastings! Nada se le escapa. No, este hombre no es japonés, sino italiano.

Subimos al taxi y Poirot dio al chofer una dirección del bosque de St. John. En ese momento estaba completamente a oscuras y no quería preguntarle adónde íbamos. Traté en vano de adivinar cuáles eran sus intenciones.

Nos apeamos ante la puerta de una casita situada cerca de la carretera. Un peatón ligeramente beodo casi tropieza con Poirot en la acera, y éste le dijo algo que no pude entender. Subimos los escalones de la entrada, y después de pulsar el timbre Poirot nos dijo que nos apartásemos de la puerta. No hubo respuesta y llamó una y otra vez. Por último asió el picaporte y con él golpeó la puerta durante varios minutos con todas sus fuerzas.

De pronto se encendió una luz y la puerta fue abierta con toda precaución.

—¿Qué diablos quieren ustedes? —preguntó una irritada voz masculina.

—Deseo ver al doctor. Mi esposa se ha puesto enferma.

—Aquí no hay ningún doctor.

El hombre se disponía a cerrar, mas Poirot introdujo el pie con decisión en el quicio de la puerta, convirtiéndose de pronto en la caricatura de un francés irritado.

—¿Qué dice usted? ¿Que no hay ningún médico? ¡Daré parte a la policía! ¡Tiene que acompañarme! Me quedaré aquí y llamaré toda la noche.

—Mi querido amigo... —La puerta se abrió de nuevo y el hombre en batín y zapatillas se adelantó para apaciguar a Poirot, dirigiendo una mirada inquieta a su alrededor.

—Llamaré a la policía.

Poirot se puso a bajar lòs escalones.

—¡No, no lo haga, por amor de Dios!

—El hombre corrió tras él.

De un empujón, Poirot lo lanzó al suelo, y al minuto siguiente los tres estábamos en el interior de la casa y cerramos la puerta.

—De prisa... por aquí. —Poirot nos condujo hasta la habitación más próxima y encendió la luz—. Y usted... detrás de la cortina.

—Sí, signor —dijo el italiano, deslizándose rápidamente tras los pliegues del terciopelo rosado que enmarcaba la ventana.

Precisamente a tiempo. En cuanto hubo desaparecido de nuestra vista, una mujer penetró en la habitación. Era alta, de cabellos rojizos, y un quimono rojo envolvía su esbelta figura.

—¿Dónde está mi marido? —exclamó dirigiéndonos una mirada asustada—. ¿Quiénes son ustedes?

Poirot se adelantó, haciendo una reverencia.

—Espero que su esposo no se resfriará. He observado que llevaba zapatillas y su batín era de bastante abrigo.

—¿Quién es usted? ¿Y qué hace en mi casa?

—Es cierto que no tenemos el gusto de conocernos, madame. Y es de lamentar, puesto que uno de los nuestros ha venido especialmente de Nueva York para verla a usted.

Se abrieron las cortinas y apareció el italiano. Observé con horror que blandía mi revólver, que sin duda Poirot dejó descuidadamente sobre el asiento del coche.

La mujer lanzó un grito y quiso echar a correr, mas Poirot se interpuso entre ella y la puerta, que estaba cerrada.

—Déjeme pasar —suplicó—. Me matará.

—¿Quién era ese tan cacareado Luigi Valdarno? —preguntó el italiano con voz ronca, mientras nos amenazaba apuntándonos con el revólver. No nos atrevimos a movernos.

—Dios mío, Poirot. Esto es horrible. ¿Qué vamos a hacer? —exclamé.

—Me obliga usted a recordarle que no es conveniente hablar demasiado, Hastings. Le aseguro que nuestro amigo no disparará hasta que yo se lo autorice.

—Está seguro, ¿eh? —dijo el italiano mirándole de soslayo.

La mujer se volvió hacia Poirot.

—¿Qué es lo que desea?

Poirot se inclinó.

—No creo que sea necesario insultar a la inteligencia de Elsa Hardt diciéndoselo.

Con un rápido movimiento, la mujer cogió un gran gato de terciopelo negro que servía de cubierta del teléfono.

—Están cosidos al forro.

—Muy inteligente —murmuró Poirot en tono apreciativo, en tanto se apartaba de la puerta—. Buenas noches, madame. Entretendré a su amigo de Nueva York mientras usted huye.

—¡Qué tontería! —rugió el italiano, y alzando el revólver disparó a la espalda de la mujer en el preciso momento en que yo me abalanzaba con toda decisión sobre él.

Mas el arma sólo produjo un clic inofensivo y la voz de Poirot se alzó en suave reproche.

—¿Nunca confiará en su amigo, Hastings? No me gusta que mis amigos lleven pistolas cargadas y nunca permitiría que lo hiciera un desconocido. No, no, *mon ami* —agregó dirigiéndose al italiano, que lanzaba juramentos con voz ronca—: Vea lo que acabo de hacer por usted. Salvarle de la horca. Y no crea que nuestra hermosa amiguita consiga escapar. No, no, la casa está vigilada e irá directamente a caer en manos de la policía. ¿No es un pensamiento consolador? Sí, ahora puede salir de esa habitación. Pero tenga cuidado... mucho cuidado... Yo... ¡ah, se ha ido! Y mi amigo Hastings me mira con ojos de reproche. ¡Pero si todo es tan sencillo! Pero si desde el principio ha estado clarísimo que entre tantos cientos de posibles solicitantes del número cuatro de Montagu's Mansions, sólo los Robinson fuesen aceptados. ¿Por qué? ¿Qué es lo que les diferencia del resto... a simple vista? ¿Su aspecto? Posiblemente, pero no era tan distinto. ¡Su apellido, entonces!

—Pero si el apellido Robinson no tiene nada de particular —repuse—. Es un apellido muy corriente.

—¡Ajá! Exacto. Eso es precisamente. Elsa Hardt y su esposo, hermano, o lo que sea en realidad, vienen de Nueva York y alquilan un piso a nombre de Mr. y Mrs. Robinson. De pronto se enteran de que una de esas sociedades secretas, la Mafia, o la Camorra, a las que sin duda pertenecía Luigi Valdarno, está sobre su pista. ¿Qué hacen entonces? Trazan un plan de cristalina sencillez. Evidentemente saben que sus perseguidores no les conocen. De modo que resulta facilísimo. Ofrecen el piso a un alquiler irrisorio. Entre los cientos de parejas jóvenes que buscan piso en Londres no puede dejar de haber varios Robinson.

Se trata sólo de esperar. Si miran en la guía telefónica la lista de Robinson, comprenderán que más pronto o más tarde habría de llegar una mistress Robinson pelirroja. ¿Qué ocurrirá luego? El vengador llega. Conoce el nombre y la dirección. ¡Y da el golpe! Todo ha terminado, su venganza satisfecha y miss Elsa Hardt habrá escapado por los pelos una vez más. A propósito, Hastings, tiene que presentarme a la auténtica mistress Robinson... esa deliciosa y veraz personita. ¿Qué pensarán cuando vean que han asaltado su piso? Tenemos que darnos prisa. Ah, me parece que oigo llegar a Japp y a unos cuantos de sus amigos.

Se oyó llamar a la puerta.

—¿Cómo conoció esta dirección? —pregunté mientras salimos al recibidor—. Oh, claro, hizo seguir a la primera mistress Robinson cuando dejó el otro piso.

—*À la bonne heure,* Hastings. Por fin utiliza usted sus células cerebrales. Ahora vamos a dar una pequeña sorpresa a Japp.

Y abriendo la puerta lentamente asomó la cabeza del gato de terciopelo y lanzó un agudo ¡Miau!

El inspector de Scotland Yard, que estaba con otro hombre, pegó un respingo a pesar suyo.

—¡Oh, es sólo monsieur Poirot y una de sus bromitas! —exclamó al ver aparecer la cabeza de Poirot detrás de la del gato—. Déjenos entrar, monsieur.

—¿Tienen ya a nuestros amigos?

—Sí, los cazamos, pero no llevan encima lo que buscamos.

—Ya. Por eso quieren registrar la casa. Bien, estoy a punto de marcharme con Hastings, pero quiero darle una pequeña conferencia sobre la historia y costumbres del gato doméstico.

—Por amor de Dios, ¿es que se ha vuelto usted completamente loco?

—El gato —recitó Poirot— fue adorado por los antiguos egipcios, y aún se considera símbolo de buena suerte ver cruzar un gato negro entre nosotros. Este gato se ha cruzado esta noche en su camino, Japp. Hablar del interior de cualquier persona o animal sé que está mal visto en Inglaterra. Pero el interior de este gato es sumamente delicado. Me refiero, en este instante, al sencillo forro que...

Con un gruñido, el hombre que acompañaba a Japp le arrebató el gato de la mano.

—Oh, me olvidé de presentarles —dijo Japp—. Monsieur Poirot, éste es mister Burt, del Servicio Secreto de los Estados Unidos.

Los ágiles dedos del estadounidense habían encontrado lo que andaban buscando. Alargó la mano sin encontrar palabras. Al fin estuvo a la altura de las circunstancias.

—Encantado de conocerle —dijo mister Burt.

—Al fin y al cabo —murmuró Poirot—, es posible que no muera esta vez.

Viendo el comentario de un convaleciente, me pareció una muestra de optimismo beneficioso. Yo ya la había pasado, y Poirot la sufrió también. Ahora hallábase sentado en la cama, recostado sobre una serie de almohadas, con la cabeza envuelta en un chal de lana, y sorbiendo lentamente una *tisane* particularmente nociva que yo había preparado siguiendo sus indicaciones. Su mirada se posó complacida sobre una hilera de botellas cuidadosamente ordenadas que había en la repisa de la chimenea.

—Sí, sí —continuó mi amigo—. Una vez más volveré a ser yo, el gran Hércules Poirot, el terror de los malhechores. Imagínese, *mon ami,* que me dedican un párrafo en los *Comentarios Sociales.* En efecto. Aquí está: "¡Salgan todos los criminales sin temor! Hércules Poirot... y créanme, es un Hércules el detective favorito de la sociedad que no podrá detenerles. ¿Por qué? Pues porque se halla prisionero de la gripe".

Me reí.

—Bien, Poirot. Se está convirtiendo en un personaje célebre. Y afortunadamente no ha perdido nada de especial interés durante este tiempo.

—Es cierto. Los pocos casos que he tenido que rechazar no me han causado la menor pena.

Nuestra patrona asomó la cabeza por la puerta.

—Abajo hay un caballero que desea ver a monsieur Poirot, o a usted, capitán. Como he visto que está muy apurado... y que es todo un caballero... he subido su tarjeta.

Me la entregó.

—Roger Havering —leí.

Poirot me indicó con la cabeza la librería y, obediente, fui a coger el libro *¿Quién es quién?* Poirot lo tomó de mi mano y empezó a volver sus páginas a toda prisa.

—Segundo hijo del quinto barón de Windsor. Casó en mil novecientos tres con Zoe, cuarta hija de William Grabb.

—¡Hum! —dije yo—. Me parece que es la muchacha que solía actuar en el *Frivolidad...,* sólo que se hacía llamar Zoe Carrisbrook. Recuerdo que contrajo matrimonio con un joven de la ciudad poco antes de la guerra.

—¿Le gustaría bajar y ver qué es lo que le ocurre a ese caballero, Hastings? Preséntele todas mis excusas.

Roger Havering era un hombre de unos cuarenta años, de buena presencia y elegante. Su rostro expresaba una gran agitación.

—¿Capitán Hastings? Tengo entendido que es usted el compañero de monsieur Poirot. Es del todo preciso que venga hoy mismo a Derbyshire.

—Me temo que eso sea imposible —repliqué—. Poirot está enfermo... tiene gripe.

Su rostro se ensombreció.

—Dios mío, eso es un gran golpe para mí.

—¿Tenía que consultar acerca de algún asunto serio?

—¡Santo Dios, ya lo creo! Mi tío, el mejor amigo que tenía en el mundo, fue encontrado asesinado la noche pasada.

—¿Aquí en Londres?

—No, en Derbyshire. Yo me hallaba en la ciudad y esta mañana recibí un telegrama de mi esposa. Inmediatamente decidí venir a ver a monsieur Poirot para rogarle que se ocupe de este caso.

—¿Quiere perdonarme un momento? —le dije iluminado por una idea repentina.

Subí la escalera a toda prisa y en pocas palabras puse a Poirot al corriente de la situación.

—Ya, ya. Quiere ir usted, ¿no es cierto? Bien, ¿por qué no? Ahora ya debiera conocer mis métodos. Sólo le pido que me informe a diario y siga al pie de la letra todas mis instrucciones.

Me avine a ello gustoso.

Una hora más tarde me encontraba sentado frente a mister Havering en un departamento de primera clase de los veloces ferrocarriles Midland, alejándome de Lon-dres.

—Para empezar, capitán Hastings, debe usted comprender que Hunter's Lodge, a donde nos dirigimos y donde tuvo lugar la tragedia, es sólo un pequeño terreno de caza situado en el corazón de los páramos de Derbyshire. Nuestra verdadera casa está cerca de Newmarket, y solemos alquilar un piso en la ciudad durante la temporada de invierno. Hunter's Lodge lo regenta un ama de llaves que prepara todo lo que necesitamos cuando se nos ocurre ir a pasar allí un fin de semana. Claro que durante la temporada de caza nos llevamos algunos criados de Newmarket. Mi tío, mister Harrington Pace (como tal vez usted ya sepa, mi madre era de los Pace de Nueva York), vivía con nosotros desde hace tres años. Nunca se llevó bien con mi padre ni con mi hermano mayor, y supongo que por ser yo algo así como el hijo pródigo hizo que esto aumentase el afecto hacia mí en vez de disminuirlo. Claro que soy un hombre pobre, y mi tío era muy rico... en otras palabras: ¡él era quien pagaba! Pero, aun siendo exigente en muchos aspectos, no resultaba difícil de tratar, y los tres vivíamos en feliz armonía. Hace un par de días mi tío, bastante disgustado por algunas juerguecitas recientes que nos corrimos en Nueva York, sugirió que viniéramos a Derbyshire a pasar un par de días. Mi esposa telegrafió a mistress Middleton, el ama de llaves, y nos vinimos la misma tarde. Ayer noche me vi obligado a volver a la ciudad, pero mi esposa y mi tío se quedaron. Esta mañana recibí este telegrama.

—Me lo entregó.

"Ven en seguida. Tío Harrington fue asesinado anoche. Trae un buen detective si puedes, pero ven. —Zoe."

—Entonces, ¿no conoce usted más detalles?

—No, supongo que vendrán en los periódicos de la noche. Sin duda alguna se habrá hecho cargo la policía.

59

Eran casi las tres de la tarde cuando nos apeamos en la pequeña estación de Elmer's Dale. Después de recorrer ocho kilómetros en coche llegamos a un edificio de piedra gris muy pequeño, situado en un páramo desolado.

—Un lugar muy solitario —observé con un estremecimiento.

Havering asintió.

—Intentaré deshacerme de él. No podría volver a vivir aquí.

Abrimos la verja y caminamos por el estrecho sendero hacia la puerta de roble, cuando una figura familiar salió a nuestro encuentro.

—¡Japp! —exclamé.

El inspector de Scotland Yard me saludó amistosamente antes de dirigirse a mister Havering.

—¿Mister Havering? Me han enviado de Londres para encargarme de este caso y desearía hablar con usted si me lo permite.

—Mi esposa...

—He visto ya a su esposa... y al ama de llaves. No le entretendré más que un momento, pues deseo regresar al pueblo lo antes posible ahora que he visto todo lo que podía ver aquí.

—Todavía no sé nada que...

—Exactamente —dijo Japp tranquilizándolo—. Pero hay una o dos cosillas sobre las que desearía conocer su opinión. El capitán Hastings me conoce e irá a la casa a decirles que usted ha llegado. A propósito, ¿qué ha hecho usted del hombrecillo, capitán Hastings?

—Aún sigue en cama, con gripe.

—¿Sí? Lo siento. Le debe resultar a usted extraño estar aquí, sin él, ¿verdad? Como un barco sin timón.

Y tras oír aquella broma de mal gusto me fui hacia la casa. Hice sonar el timbre, ya que Japp había cerrado la puerta tras él. Al cabo de algunos instantes me fue abierta por una mujer de mediana edad, vestida de negro.

—Mister Havering llegará dentro de unos momentos —expliqué—. Se ha quedado hablando con el inspector. Yo he venido con él desde Londres para investigar este caso. Tal vez usted pueda contarme brevemente lo ocurrido anoche.

—Pase usted, señor. —Cerró la puerta y me encontré en un recibidor escasamente iluminado—. Fue después de cenar cuando llegó ese hombre. Preguntó por mister Pace, señor, y al ver que hablaba igual que él pensé que sería un amigo suyo estadounidense, y le hice pasar al cuarto de armas, y luego fui a avisar a mister Pace. No me dijo su nombre, lo cual es bastante extraño ahora que lo pienso. Al decírselo a mister Pace, éste pareció bastante intrigado, pero le dijo a la señora: "Perdóname, Zoe, iré a ver lo que quiere ese individuo". Fue al cuarto de armas y yo volví a la cocina, pero al cabo de un rato oí voces como si discutieran y salí al recibidor, al mismo tiempo que salía la señora. Entonces oímos un disparo y luego un terrible silencio. Corrimos hasta el cuarto de armas, pero la puerta estaba cerrada y tuvimos que dar la vuelta para entrar por la ventana. Estaba abierta, y dentro, mister Pace yacía bañado en sangre.

—Y ¿qué fue de aquel hombre?

—Debió de marcharse por la ventana, antes de que nosotras llegáramos.

—¿Y luego?

—Mistress Havering me envió a avisar a la policía. Tuve que andar ocho kilómetros. Vinieron conmigo y el comisario se ha quedado aquí toda la noche, y esta mañana ha llegado la policía de Londres.

—¿Qué aspecto tenía el hombre que vino a ver a mister Pace?

El ama de llaves reflexionó.

—Llevaba barba, era moreno, de mediana edad, y usaba abrigo claro. Y aparte de su acento estadounidense no me fijé en otros detalles.

—Ya. ¿Ahora podría ver a mistress Havering?

—Está arriba, señor. ¿Quiere que le avise?

—Si me hace el favor... Dígale que mister Havering está fuera con el inspector Japp, y que el caballero que ha venido con él desde Londres está deseoso de hablar con ella lo antes posible.

—Muy bien, señor.

Me sentía impaciente por conocer todos los hechos. Japp me llevaba dos o tres horas de ventaja, y su prisa por marchar me hizo apresurarme.

Mistress Havering no me hizo aguardar mucho. A los pocos minutos oí pasos en la escalera y al alzar los ojos vi a una joven muy hermosa que se dirigía hacia mí. Llevaba un vestido de color rojo fuego, que realzaba la esbeltez de su figura, y adornaba sus cabellos negros con un sombrerito de cuero del mismo color. Incluso la reciente tragedia no había podido empañar en modo alguno su vigorosa personalidad.

Me presenté y ella inclinó la cabeza en señal de asentimiento.

—Claro que he oído hablar de usted y de su colega monsieur Poirot. Juntos han realizado ustedes hazañas maravillosas, ¿no es cierto? Mi esposo ha sido muy inteligente al acudir a usted tan pronto. Ahora, ¿quiere interrogarme? ¿No es el medio más sencillo para saber todo lo que desee con respecto a ese doloroso asunto?

—Gracias, mistress Havering. Dígame, ¿a qué hora llegó ese individuo?

—Debió de ser poco antes de las nueve. Habíamos terminado de cenar y estábamos tomando el café.

—¿Su esposo se había marchado ya a Londres?

—Sí, se fue en el tren de las seis quince.

—¿Fue en coche hasta la estación o andando?

—Nuestro coche no está aquí. Vino a recogerle uno del garaje de Elmer's Dale con tiempo para que tomara el tren.

—¿Mister Pace estaba como de costumbre?

—Desde luego. Normal en todos los aspectos.

—¿Ahora podría describirme al visitante?

—Me temo que no. Yo no le vi. Mistress Middleton le hizo pasar al cuarto de armas y luego fue a avisar a mi tío.

—¿Qué dijo su tío?

—Pareció bastante contrariado, pero acudió en seguida. Unos cinco minutos más tarde oí voces airadas. Salí corriendo al recibidor y casi tropecé con mistress Middleton. Luego oímos el disparo. La puerta del cuarto de armas estaba cerrada por dentro y tuvimos que ir a dar la vuelta y entrar por el ventanal. Claro que eso nos llevó algún tiempo, y el asesino pudo escapar. Mi pobre tío... —su voz tembló— había recibido un balazo en la cabeza. Vi en el acto que estaba muerto y envié a mistress Middleton a dar parte a la policía. Tuve gran cuidado de no tocar nada de la habitación y dejarlo todo tal como lo encontramos.

Hice un gesto de aprobación.

—¿Y el arma?

—Puedo hacer una sugerencia, capitán Hastings. Mi esposo tenía dos revólveres cargados adornando la pared, y falta uno de ellos. Se lo hice observar a la policía y se llevaron el otro. Cuando le hayan extraído la bala supongo que lo sabrán con certeza.

—¿Puedo ir al cuarto de armas?

—Desde luego. La policía ya lo registró y el cadáver ha sido retirado.

Me acompañó al escenario del crimen. En aquel momento Havering entró en el recibidor, y tras una breve disculpa su esposa corrió hacia él. Yo quedé solo para llevar a cabo, por el camino más conveniente, mis investigaciones.

Debo confesar que fueron bastante descorazonadoras. En las novelas policíacas abundan las pistas, pero yo no pude descubrir nada extraordinario, excepto la gran mancha de sangre que había en la alfombra donde debió caer el cadáver. Lo examiné todo con sumo cuidado y saqué un par de fotografías de la habitación con mi pequeña cámara. También examiné el suelo en la parte exterior del ventanal, pero aparecía tan lleno de pisadas que juzgué inútil perder el tiempo queriendo sacar algo en claro... No, había visto todo lo que en Hunter's Lodge tenía que ver. Debía regresar a Elmer's Dale y ponerme en contacto con Japp. De modo que, tras despedirme de los Havering, partí en el automóvil que nos había traído desde la estación.

Encontré a Japp en Marlock Arms y me acompañó a ver el cadáver. Harrington Pace era un hombrecillo menudo, bien rasurado, y de aspecto típicamente estadounidense. Le habían disparado por la parte posterior de la cabeza y a corta distancia.

—Se volvería un momento —observó Japp—, y el criminal cogería el revólver y dispararía. El que nos entregó mistress Havering estaba cargado y supongo que el otro también. Es curiosa la serie de tonterías que comete la gente. ¡Mire que tener un par de revólveres cargados colgados de la pared!

—¿Qué opina usted de este caso? —pregunté cuando Japp hubo terminado.

—De momento no pierdo de vista a Havering. ¡Oh..., sí! —exclamó al ver mi expresión de asombro—. Havering tuvo un par de incidentes sospechosos en su pasado. Cuando era un estudiante en Oxford hubo cierto extraño asunto referente a la firma de uno de los cheques de su padre. Claro que se echó tierra encima. En la actualidad, tiene bastantes deudas, y son de la clase que no le gustaría presentar ante su tío, y en tanto que es casi seguro que el testamento de éste será a su favor. Sí, no le pierdo de vista, y por eso deseaba hablar con él antes de que viera a su esposa, mas sus declaraciones han resultado ciertas, y he estado en la estación y no cabe duda de que se marchó en el tren de las seis quince. De modo que llegaría a Londres a las diez treinta. Dice que fue directamente a su club, cosa que también se ha confirmado. Por lo tanto, no pudo haber disparado un tiro a su tío ni llevado una barba negra.

—Ah, sí, iba a preguntarle qué opina usted de esa barba...

—Creo que creció muy de prisa... durante los ocho kilómetros que separan Elmer's Dale de Hunter's Lodge. La mayoría de estadounidenses que he conocido van muy bien afeitados. Sí, entre las amistades americanas de mister Pace hemos de buscar al asesino. Primero interrogué al ama de llaves y luego a la señora, y sus historias coinciden, aunque lamento que mistress Havering no viera a ese individuo. Es una mujer inteligente, y hubiera podido observar algún detalle particular que nos pusiera sobre su pista.

—Tomé asiento y escribí una extensa referencia de los acontecimientos a Poirot, y antes de echar la carta al correo pude agregar varios detalles más.

La bala había sido extraída, comprobándose que fue disparada con un revólver idéntico al que se hallaba en poder de la policía. Todos los movimientos de mister Havering durante la noche en cuestión habían sido comprobados y no cabía la menor duda de que había llegado a Londres en el tren indicado. Y por último había ocurrido un suceso sensacional. Un ciudadano que vivía en Ealing, al cruzar Haven Green para dirigirse aquella mañana a la estación del ferrocarril del distrito, había encontrado entre los raíles un paquete envuelto en papel marrón. Al abrirlo descubrió que contenía un revólver. Hizo entrega de su hallazgo a la policía local y antes de la noche se comprobó que era el que se andaba buscando..., el compañero de aquel que nos había entregado mistress Havering. Había sido disparada una de sus balas.

Todo esto fui agregando a mi informe. A la mañana siguiente, mientras desayunaba, llegó un telegrama de Poirot:

"Claro que el hombre de la barba negra no era Havering, semejante idea sólo pudo habérsele ocurrido a usted o a Japp. Telegrafíeme la descripción del ama de llaves y las ropas que vestía esta mañana, así como las de mistress Havering. No pierda el tiempo tomando fotografías interiores que no salen bien ni son artísticas."

Me pareció que el estilo de Poirot era innecesariamente caprichoso. También tuve la impresión de que sentía celos de mi posición en aquel caso y de la serie de facilidades que se me ofrecían para solucionarlo. Su petición de que le describiera las ropas de las dos mujeres me pareció sencillamente ridícula, pero lo hice tan bien como supe.

A las once recibí el telegrama de respuesta de Poirot:

"Diga a Japp que detenga al ama de llaves antes de que sea demasiado tarde."

Confundido, llevé el telegrama a Japp, que lanzó un juramento.

—¡Ese monsieur Poirot es el mismísimo diablo! Cuando él lo dice es porque hay algo. Y yo apenas me fijé en esa mujer. No sé si podré llegar a arrestarla, pero haré que la vigilen. Iremos allí en seguida y le echaremos un vistazo.

Pero fue demasiado tarde. Mistress Middleton, aquella mujer reposada, de mediana edad, de aspecto normal y respetable, se había desvanecido en el aire, dejando su maleta, que contenía sólo ropa de uso ordinario. No había la menor pista acerca de su identidad o su paradero.

De Mistress Havering conseguimos los datos siguientes:

—La contraté hará unas tres semanas, cuando se marchó nuestra anterior ama de llaves, mistress Emery. Me la proporcionó la Agencia Selbourne, de Mount Street. Todos mis sirvientes los proporcionaron allí. Me enviaron varias mujeres, pero mistress Middleton me pareció la mejor y tenía muy buenos informes. La admití en seguida y se lo notifiqué a la Agencia. No puedo creer nada malo de ella. ¡Es una mujer tan agradable!

Todo aquello era un verdadero misterio. Por un lado resultaba evidente que aquella mujer no pudo cometer el crimen, puesto que en el momento en que sonó el disparo estaba con mistress Havering en el recibidor, y no obstante debía tener alguna relación con aquél. ¿O de otro modo por qué habría de haberse marchado con tanta prisa?

Telegrafié estos últimos acontecimientos a Poirot, sugiriendo al mismo tiempo mi regreso a Londres para hacer las averiguaciones pertinentes en la Agencia Selbourne.

La respuesta de Poirot no se hizo esperar:

"Inútil preguntar a la agencia. Allí no habrán oído hablar de ella. Averigüe qué vehículo la condujo a Hunter's Lodge la primera vez que fue allí."

Aunque desconcertado, obedecí. Los medios de transporte de Elmer's Dale eran limitados. El garaje local tenía dos Ford desvencijados y dos paradas de coches de caballos. Ninguno de estos vehículos había sido alquilado la fecha en cuestión. Al interrogar a mistress Havering, ésta replicó que le había pagado el billete para Derbyshire y entregado el dinero suficiente para alquilar un taxi o un coche de alquiler hasta Hunter's Lodge. Siempre había uno de los Ford en la estación por si alguien requería sus servicios. Considerando que allí nadie había observado la llegada de un extraño, con barba negra o sin ella, la noche fatal, todo parecía señalar que el asesino había llegado en un automóvil que quedó esperando por las cercanías para ayudarle a escapar, y que el mismo automóvil había llevado a la misteriosa ama de llaves hasta su nuevo empleo. Debo hacer constar que las averiguaciones hechas en la Agencia de Londres resultaron según los pronósticos de Poirot. En sus libros no constaba ninguna "señorita Middleton". Habían recibido la solicitud de mistress Havering para que le buscasen un ama de llaves, y le enviaron varias aspirantes. Cuando ella les avisó de que ya había admitido a una, se olvidó de hacer constar el nombre de la escogida.

Un tanto desanimado, regresé a Londres. Encontré a Poirot instalado en un sillón junto al fuego y con un batín de seda deslumbrador. Me saludó con gran afecto.

—¡*Mon ami*, Hastings! ¡Cuánto celebro verle! La verdad es que siento un gran afecto por usted. ¿Se ha divertido? ¿Ha ido de acá para allá con Japp? ¿Ha interrogado e investigado a su antojo?

—Poirot —exclamé—. ¡Este caso es un misterio! Nunca podrá resolverse.

—Es cierto que no vamos a cubrirnos de gloria con él.

—No, desde luego. Es un hueso bastante duro de roer.

—¡Oh, hasta ahora no he encontrado ninguno demasiado duro! Soy un buen roedor. No es eso lo que me preocupa. Sé perfectamente quién asesinó a Harrington Pace.

—¿Lo sabe? ¿Cómo lo ha averiguado?

—Sus inspiradas respuestas a mis telegramas me han proporcionado la verdad. Mire, Hastings, examinemos los hechos metódicamente y con orden. Mister Harrington Pace es un hombre de fortuna considerable, la cual, a su muerte, irá a parar a manos de su sobrino. Punto número uno. Se sabe que su sobrino se encuentra en una situación apurada. Punto número dos. Se sabe también que su sobrino es... digamos un hombre de pocos escrúpulos. Punto número tres.

—Pero se ha probado que Roger Havering estaba en el tren que le llevaba a Londres.

—*Précisement...*, y por lo tanto, puesto que mister Havering abandonó Elmer's Dale a las seis quince, y en vista de que mister Pace no había sido asesinado antes de que él se marchase, ya que el médico hubiera dicho que la hora del crimen estaba equivocada, al examinar el cadáver, sacamos la conclusión de que mister Havering no mató a su tío. Pero queda mistress Havering, querido Hastings.

—¡Imposible! El ama de llaves estaba con ella cuando se oyó el disparo.

—Ah, sí, el ama de llaves. Pero ha desaparecido.

—Ya la encontraremos.

—Creo que no. Hay algo extraño en esa mujer, ¿no le parece así también a usted, Hastings? Me llamó la atención enseguida.

—Supongo que representó su papel y luego se marchó sin pérdida de tiempo.

—Y ¿cuál es su papel?

—Pues admitir la presencia de su cómplice, el hombre de la barba negra.

—¡Oh, no, eso no era su papel! Sino el proporcionar una coartada a mistress Havering en el momento en que se oyó el disparo. ¡Y nadie logrará encontrarla, *mon ami*, porque no existe! "No existe tal persona", como dice su gran Shakespeare.

—Fue Dickens —murmuré, incapaz de reprimir una sonrisa—. ¿Qué quiere decir, Poirot? No le entiendo.

—Quiero decir que Zoe Havering fue actriz antes de casarse, y que usted y Japp sólo vieron al ama de llaves en el recibidor poco alumbrado..., una figura vestida de negro, de voz apagada, y por último, que ni usted, ni Japp, ni la policía local, a quien fue a buscar mistress Middleton, vieron juntas al ama de llaves y a su señora. Fue un juego de niños para esa mujer osada e inteligente. Con el pretexto de avisar a su señora, sube la escalera, se pone un traje llamativo y un sombrero con rizos negros que coloca sobre los grises para lograr la transformación. Unos toquecitos más y el maquillaje renovado, y la deslumbrante Zoe Havering baja de nuevo con su voz clara y bien timbrada. Nadie se fija en el ama de llaves. ¿Por qué iban a fijarse? No hay por qué relacionarla con el crimen. Ella también tiene su coartada.

—Pero, ¿y el revólver encontrado en Ealing? Mistress Havering no pudo dejarlo allí...

—No, fue cosa de Roger Havering..., pero fue un error por su parte que me puso sobre la verdadera pista. Un hombre que ha cometido un crimen con un revólver encontrado en el lugar del homicidio lo arroja en seguida y no lo lleva consigo a Londres. No, su intención es evidente. El criminal deseaba concentrar el interés de la policía en un punto alejado de Derbyshire. Claro que el revólver encontrado en Ealing no era el que disparó la bala que mató a mister Pace. Roger Havering, después de hacerlo disparar a su vez, lo llevó a Londres. Luego fue directamente a su club para establecer su coartada, y después a Ealing (sólo se tarda veinte minutos), dejó el paquete en el lugar donde fue encontrado y regresó a la ciudad. Esa encantadora criatura, su esposa, dispara tranquilamente contra mister Pace después de la cena... ¿Recuerda que le dispararon por detrás? ¡Otro detalle significativo...! Vuelve a cargar el revólver, lo coloca de nuevo en su sitio y luego, con la mayor astucia, representa su comedia.

—Es increíble —murmuré fascinado—, y sin embargo...

—Y sin embargo es cierto. *Bien sur,* amigo mío, es cierto. Pero el entregar esa preciosa pareja a la justicia es otra cosa. Bien, Japp hará todo lo que pueda... le he escrito dándole cuenta detallada de todo..., pero mucho me temo, Hastings, que nos veremos obligados a dejarles en manos del destino, o *le bon Dieu,* lo que prefiera.

—Todos los pillos tienen suerte —le recordé.

—Sí, pero siempre a un precio, Hastings, *croyez-moi!*

Las palabras de Poirot se confirmaron. Japp, aunque convencido de la verdad de su teoría, no pudo reunir las pruebas necesarias para hacerles confesar.

La enorme fortuna de mister Pace pasó a manos de sus asesinos. Sin embargo, la mano de Dios cayó sobre ellos, y cuando leí en los periódicos que los honorables Mr. y Mrs. Havering se encontraban entre las víctimas de la catástrofe ocurrida al *Air Mail* que se dirigía a París, supe que la justicia quedaba satisfecha.

EL ROBO DEL MILLÓN DE DÓLARES EN BONOS

—¡Cuántos robos de bonos se han registrado últimamente! —observé una mañana, plegando el periódico—. ¡Poirot, dejemos a un lado la ciencia de la deducción y dediquémonos a la delincuencia!

—¿Le han entrado ganas de…, cómo diría yo…, enriquecerse a toda prisa, eh, *mon ami*?

—Bueno, eche un vistazo en este último *coup*, un millón de dólares en bonos Liberty que el Banco Escocés enviaba a Nueva York y que desaparecieron de manera sorprendente a bordo del *Olympia*.

—Si no fuera por el *mal de mer* y las horas que se tarda en cruzar el canal, me encantaría poder viajar en uno de esos grandes transatlánticos —murmuró Poirot con aire soñador.

—Sí, desde luego —repliqué entusiasmado—. Algunos deben ser verdaderos palacios; piscinas, salones, restaurantes…, la verdad es que debe de resultar difícil creer que uno se halla en alta mar.

—Yo siempre sé cuándo estoy en la mar —dijo Poirot con pesar—. Y todas esas bagatelas que acaba de enumerar no me dicen nada; pero, amigo mío, considere por un momento la de genios que viajan de incógnito. A bordo de esos palacios flotantes, como usted acaba de llamarlos, uno encontraría, la *élite*, la *haute noblesse* del mundo criminal.

Reí.

—¡De modo que eso es lo que le entusiasma! ¿Le gustaría haber hablado con el hombre que ha robado los bonos Liberty?

La patrona nos interrumpió.

—Una joven pregunta por usted, monsieur Poirot. Aquí está su tarjeta.

—Miss Esmée Farquhar —leyó Poirot. Y tras inclinarse para recoger una miga de pan que había debajo de la mesa y arrojarla a la papelera, dijo a la patrona que hiciese pasar a aquella señorita.

Al minuto siguiente entraba en la estancia una de las muchachas más encantadoras que he visto en mi vida. Tendría unos veinticinco años, sus ojos eran muy grandes y castaños, y su figura perfecta. Iba bien vestida y sus modales eran reposados.

—Siéntese, se lo ruego, mademoiselle. Éste es mi amigo el capitán Hastings, quien me ayuda en mis pequeños problemas.

—Me temo que el que le traigo hoy no sea pequeño, monsieur Poirot —dijo la joven tras dirigirle una pequeña inclinación de cabeza antes de sentarse—. Me atrevo a asegurar que ya lo habrá leído en los periódicos. Me refiero al robo de los bonos Liberty a bordo del *Olympia* —debió reflejarse cierto asombro en el rostro de Poirot, porque se apresuró a continuar—: Usted se preguntará qué tengo yo que ver con una institución tan seria como el Banco Escocés de Londres. En cierto sentido, nada, y, en otro, mucho. Verá usted, monsieur Poirot, soy la prometida de Philip Ridgeway.

—¡Ajá! Y Philip Ridgeway...

—Estaba encargado de la custodia de los bonos cuando fueron robados. Claro que no han podido acusarle, puesto que no fue culpa suya. No obstante, está muy disgustado por ese asunto. Su tío insiste en que debió mencionar, sin darse cuenta, que los bonos obraban en su poder. Es un terrible tropiezo para su carrera.

—¿Quién es ese señor?

—El director general del Banco Escocés de Londres. Es tío de Philip.

—¿Y si me contara toda la historia, mademoiselle Farquhar?

—Muy bien. Como usted sabe, el Banco deseaba extender sus créditos en EE.UU. y para este propósito decidió enviar un millón de dólares en bonos Liberty. Mister Vavasour eligió a su sobrino, que había ocupado un cargo de confianza en el banco por espacio de muchos años, para que realizase el viaje a Nueva York. El *Olympia* salió de Liverpool el día veintitrés, y la mañana de ese día le fueron entregados los bonos a Philip por mister Vavasour y mister Shaw, los dos directores generales del Banco Escocés de Londres. Fueron contados e hicieron con ellos un paquete que sellaron en su presencia y que luego él guardó inmediatamente en su maletín.

—¿Un maletín con cierre corriente?

—No. Mister Shaw hizo que Hubb's le colocase uno especial. Philip, como le decía, depositó el paquete en el fondo del maletín y lo robaron pocas horas antes de llegar a Nueva York. Fue registrado minuciosamente todo el barco, pero sin resultado. Los bonos parecían haberse desvanecido en el aire.

Poirot hizo una mueca.

—Pero no se desvanecieron del todo, puesto que fueron vendidos en pequeñas cantidades a la media hora de haber atracado el *Olympia*. Bien, sin duda alguna, lo que debo hacer ahora es ver a mister Ridgeway.

—Iba a sugerirles que comieran conmigo en el Queso de Bola. Philip estará allí. Tiene que reunirse conmigo, pero aún no sabe que yo he venido a consultar con ustedes.

Aceptamos la invitación y allí nos dirigimos en un taxi. Philip Ridgeway había llegado antes que nosotros y pareció un tanto sorprendido al ver que su prometida se presentaba acompañada de un par de desconocidos. Era un joven alto, apuesto, con las sienes ligeramente plateadas, a pesar de que no debía de tener más allá de los treinta años de edad.

Miss Farquhar, acercándose a él, apoyó la mano en su brazo.

—Tienes que perdonarme que haya obrado sin consultarte, Philip —le dijo—. Permíteme que te presente a monsieur Hércules Poirot, de quien ya habrás oído hablar, y a su amigo el capitán Hastings.

Ridgeway pareció muy asombrado.

—Claro que he oído hablar de usted, monsieur Poirot —dijo al estrecharle la mano—. Pero no tenía idea de que Esmée pensara consultarle acerca de mí... de nuestro problema.

—Temía que no me dejaras, Philip —dijo miss Farquhar tímidamente.

—De modo que tú procuras asegurarte —observó el joven con una sonrisa—. Espero que monsieur Poirot podrá arrojar alguna luz en este rompecabezas extraordinario, pues confieso con toda franqueza que estoy a punto de perder la razón de ansiedad y preocupación.

Desde luego su rostro denotaba cansancio y la enorme tensión bajo la que se encontraba.

—Bien, bien —dijo Poirot—. Vamos a comer y mientras tanto cambiaremos impresiones para ver lo que se puede hacer. Quiero oír toda la historia de labios del propio mister Ridgeway, pero sin prisas.

Mientras disfrutábamos del excelente asado y el pastel de riñones, Philip nos fue relatando las circunstancias que rodearon la desaparición de esos bonos. Su historia coincidía con la de miss Farquhar en todos sus detalles. Cuando hubo terminado, Poirot tomó la palabra para hacer una pregunta:

—¿Qué fue lo que le condujo exactamente al descubrimiento del robo, monsieur Ridgeway?

Rió con cierta amargura.

—El motivo saltaba a la vista, monsieur Poirot. No podía pasarse por alto. Mi maletín asomaba por debajo de mi litera lleno de arañazos y cortes en los lugares donde intentaron forzar la cerradura.

—Pero yo creía que había sido abierto con una llave...

—Eso es. Intentaron forzarlo, pero no lo consiguieron. Y al final debieron lograrlo operando de un modo u otro.

—Es curioso —dijo Poirot, y sus ojos comenzaron a brillar con aquella luz verde que yo conocía tan bien—. ¡Muy curioso! Perdieron mucho, mucho tiempo tratando de abrirlo y luego... *sapristi!*, descubren que tenían la llave... porque todas las cerraduras de Hubb's son únicas.

—Por eso es imposible que tuvieran la llave. No me separé de ella ni un solo instante.

—¿Está seguro?

—Puedo jurarlo, y además, si hubieran tenido la llave o un duplicado, ¿por qué iban a perder el tiempo intentando forzar una cerradura evidentemente inviolable?

—¡Ah, ésa es la pregunta que nos hacemos nosotros! Me aventuro a profetizar que la solución, si llegamos a encontrarla, dependerá de este curioso detalle. Le ruego que no se ofenda si le hago otra pregunta más: *¿Está completamente seguro de que no lo dejó abierto?*

Philip Ridgeway limitóse a mirarle, y Poirot se apresuró a disculparse.

—Estas cosas pueden ocurrir, ¡se lo aseguro! Muy bien, los bonos fueron robados del maletín. ¿Qué hizo con ellos el ladrón? ¿Cómo se las arregló para llegar a tierra con ellos?

—¡Ah! —exclamó Ridgeway—. Eso mismo me pregunto yo. ¿Cómo? ¡Se dio aviso a las autoridades de la Aduana, y cada persona que abandonó el barco fue registrada minuciosamente!

—Y me figuro que el paquete de bonos sería voluminoso...

—Desde luego. Era casi imposible esconderlo a bordo... y de todas formas sabemos que no fue así, porque fueron puestos a la venta media hora después de la llegada del *Olympia,* mucho antes de que yo enviara los cables con los números de serie. Un corredor de Bolsa asegura que compró algunos antes de que el *Olympia* atracara. Pero no se pueden comprar bonos por radio.

—Por radio no, pero, ¿se acercó algún remolcador?

—Sólo los oficiales, y eso fue después de haber sido dada la alarma y cuando todo el mundo estaba sobre aviso. Yo mismo estuve vigilando por si eran sacados del barco por ese medio. ¡Cielos, monsieur Poirot, esto va a volverme loco! La gente ha empezado a decir que los robé yo mismo. Estoy trastornado.

—Pero también fue registrado usted al desembarcar, ¿no? —preguntó Poirot en tono amable.

—Sí.

El joven le miraba intrigado.

—Veo que no ha comprendido mi intención —dijo Poirot sonriendo enigmáticamente—. Ahora quisiera hacer averiguaciones en el Banco Escocés.

Ridgeway sacó una tarjeta de su cartera y escribió en ella unas palabras.

—Preséntela a mi tío; le recibirá en seguida.

Poirot le dio las gracias, y tras despedirnos de miss Farquhar nos dirigimos hacia la Threadneedle Street, donde se hallaban las oficinas del Banco Escocés de Londres. Al presentar la tarjeta de Ridgeway fuimos conducidos, a través de un laberinto de oficinas, hasta un reducido despacho del primer piso, donde nos recibieron los directores generales. Eran dos caballeros de expresión grave que habían envejecido al servicio del banco. Mister Vavasour llevaba una barba blanca, y mister Shaw iba perfectamente rasurado.

—Tengo entendido que es usted un investigador particular —dijo Vavasour—. Bien, bien. Claro que ya nos hemos puesto en manos de Scotland Yard. El inspector McNeil es el encargado del caso. Creo que es una persona muy competente.

—Estoy seguro de ello —replicó Poirot amablemente—. ¿Me permite hacerle algunas preguntas en beneficio de su sobrino? Acerca de esa cerradura que ustedes encargaron en Hubb's.

—Yo mismo la encargué —repuso mister Shaw—. No hubiera confiado este asunto a ningún empleado. En cuanto a las llaves, mister Ridgeway tenía una, y las otras dos, mi colega y yo.

—¿Y ningún empleado de las oficinas tuvo acceso a ellas?

—Creo poder asegurar que han permanecido en la caja fuerte donde las colocamos el día veintitrés —dijo Vavasour—. Mi colega ha estado enfermo durante quince días... precisamente a partir del mismo día en que Philip nos dejó.

—La bronquitis aguda no es cosa de broma a mi edad —dijo Shaw contrariado—. Y me temo que mister Vavasour ha tenido mucho trabajo durante mi ausencia, especialmente con este inesperado contratiempo.

Poirot les hizo algunas preguntas más. Yo supuse que para averiguar el grado de intimidad exacto entre tío y sobrino. Las respuestas de mister Vavasour eran breves y concisas. Su sobrino gozaba de la confianza del banco, y no tenía deudas ni dificultades económicas que él supiera. Le habían confiado misiones similares en anteriores ocasiones. Al fin nos despidió con toda amabilidad.

—Estoy decepcionado —dijo Poirot cuando salimos a la calle.

—¿Esperaba descubrir más detalles? Son unos viejos tan pesados...

—No ha sido su pesadez lo que me ha decepcionado, *mon ami*. No esperaba encontrar en un director de banco "un astuto financiero con vista de águila", como dicen en las novelas detectivescas. No, me ha decepcionado el caso... ¡según mi manera de ver, resulta demasiado sencillo!

—¿*Sencillo?*

—Sí, ¿no lo encuentra de una ingenuidad casi infantil?

—¿Sabe usted ya quién robó los bonos?

—Sí.

—Pero, entonces... debemos... ¿Por qué...?, me parece...

—No se confunda y aturrulle, Hastings. De momento no vamos a hacer nada.

—¿Pero por qué? ¿A qué estamos esperando?

—Al *Olympia*. El martes debe regresar de su viaje a Nueva York.

—Pero si usted sabe quién robó los bonos, ¿por qué esperar? Puede huir.

—¿A una isla del mar del sur donde no exista la extradición? No, *mon ami*, allí se le haría la vida insoportable. Y en cuanto a por qué espero... *eh bien*, para la inteligencia de Hércules Poirot el caso está perfectamente claro, pero en beneficio de los demás que no han sido tan bien dotados por Dios... –el inspector McNeil, por ejemplo–, será conveniente hacer algunas investigaciones para probar los hechos. Hay que tener consideración con los menos dotados.

—¡Cielo Santo, Poirot! Daría un buen montón de dinero por verle hacer el ridículo... siquiera una vez. ¡Es usted tan terriblemente orgulloso!

—No se enfurezca, Hastings. La verdad es que observo que a veces me detesta. ¡Cielos, sufro las penalidades de la grandeza!

El hombrecillo hinchó su pecho y suspiró tan cómicamente que me vi obligado a echarme a reír estrepitosamente.

El martes nos dirigimos hacia Liverpool en un departamento de primera clase de los L & NWB. Poirot se había negado a comunicarme sus sospechas, o certezas. Se contentó con expresar su sorpresa porque yo no estuviera *au fait* de la situación. No quise discutir y disimulé mi curiosidad bajo una pantalla de fingida indiferencia.

Una vez llegamos junto al muelle al lado del cual estaba el enorme transatlántico, Poirot se puso tenso y alerta. Nuestro trabajo consistió en entrevistar a diversos camareros y oficiales y preguntar por un amigo de Poirot que había partido hacia Nueva York el día veintitrés.

—Un anciano caballero, que usa lentes. Está paralítico y durante el tiempo que permaneció a bordo apenas salía de su camarote.

Aquella descripción pareció corresponder con la de un tal mister Ventnor, que había ocupado el camarote C 24, contiguo al de Philip Ridgeway. Aunque incapaz de saber cómo Poirot había conocido la existencia de mister Ventnor y sus señas personales, me sentí muy excitado.

El oficial meneó la cabeza.

—Dígame —exclamó—, ¿fue ese caballero uno de los primeros en desembarcar en Nueva York?

—No, monsieur, fue uno de los últimos.

Me retiré decepcionado y vi que Poirot me sonreía. Dio las gracias al oficial, un billete cambió de propietario y nos marchamos.

—Todo está muy bien —observé acaloradamente—, pero esta última respuesta debe haber dado al traste con su preciosa tesis, ¡ríase cuanto quiera!

—Como de costumbre, no ve usted nada, Hastings. La última contestación, muy al contrario, ha sido el remache de mi teoría.

Yo dejé caer mis brazos, desolado.

—Me doy por vencido.

Cuando nos encontrábamos en el tren, de regreso a Londres, Poirot estuvo escribiendo afanosamente durante algunos minutos, encerrando el resultado de sus esfuerzos en un sobre.

—Esto es para el inspector McNeil. Lo dejaremos en Scotland Yard al pasar, y luego iremos al restaurante Rendez-vous, donde he citado a mademoiselle Esmée Farquhar, para que nos haga el honor de cenar con nosotros.

—¿Y qué me dice de Ridgeway?

—¿Qué quiere que le diga? —preguntó Poirot.

—No pensará usted... no puede...

—Está usted adquiriendo el hábito de la incoherencia, Hastings. A decir verdad, lo pienso. Si Ridgeway hubiese sido el ladrón..., cosa perfectamente posible, el caso hubiese resultado encantador; un trabajo puramente metódico.

—Pero no tan encantador para miss Farquhar, ¿verdad?

—Es posible que tenga usted razón. Por lo tanto, mejor para todos. Ahora Hastings, revisaremos el caso. Veo que lo está deseando. El paquete, sellado, es extraído del maletín y desaparece en el aire, como dijo mademoiselle Farquhar. Nosotros descartamos la teoría del aire porque no resulta aceptable científicamente, y consideramos lo que pudo haber sido de él. A todos les parece imposible que pudiera llegar a tierra... desde luego...

—Sí, pero sabemos...

—Usted puede que lo sepa, Hastings. Yo no. Yo soy de la opinión de que puesto que parece increíble... lo es. Quedan dos posibilidades: o fue escondido a bordo... cosa bastante difícil también..., o arrojado por la borda.

—¿Quiere decir atado a un corcho?

—Sin corcho.

Me sobresalté.

—Pero si los bonos fueron arrojados al mar, no pudieron ser vendidos en Nueva York.

—Admiro su lógica, Hastings. Los bonos fueron vendidos en Nueva York y, por consiguiente, no fueron echados al mar. ¿Ve dónde vamos a parar?

—Al punto de partida.

—*Jamais de la vie!* Si el paquete fue arrojado al mar, y los bonos vendidos en Nueva York, esto quiere decir que el paquete no contenía los bonos. ¿Existe alguna prueba de que estuvieran dentro del paquete? Recuerde que mister Ridgeway no volvió a abrirlo desde que le fue entregado en Londres.

—Sí, pero entonces...

Poirot alzó una mano, impaciente.

—Permítame continuar. El último momento en que fueron vistos fue en las oficinas del Banco Escocés de Londres la mañana del día veintitrés. Reaparecieron en Nueva York media hora después de la llegada del *Olympia,* y, según la declaración de un hombre a quien nadie hace caso, antes de que el barco atracase. Supongamos entonces que no hubieran estado nunca a bordo del *Olympia*... ¿Existe, pues, algún otro medio para que pudieran llegar a Nueva York? El *Gigantic* salió de Southampton el mismo día que el *Olympia,* y posee el récord del Atlántico. Viajando en el *Gigantic* los bonos hubieran llegado a Nueva York un día antes que el *Olympia*. Todo está claro y el caso empieza a explicarse. El paquete es sólo un engaño, y la sustitución se verifica en la oficina del banco. Hubiera sido fácil para cualquiera de los tres hombres presentes preparar un duplicado del paquete y sustituirlo por el auténtico. *Tres bien,* los bonos son enviados a un cómplice de Nueva York con instrucciones para venderlos en cuanto llegue el *Olympia,* pero alguien tiene que viajar en el *Olympia* para dirigir el supuesto robo.

—Pero, ¿por qué?

—Porque si Ridgeway abre el paquete y descubre que es un engaño, lo comunicaría inmediatamente a Londres. No, el hombre que viaja en el camarote contiguo al suyo realiza su trabajo; simula forzar la cerradura para atraer su inmediata atención hacia el robo, y en realidad abre el maletín con un duplicado de la llave, arroja el paquete por la borda y espera a abandonar el barco el último. Claro que lleva lentes para ocultar sus ojos, y se finge inválido, puesto que no quiere correr el riesgo de tropezarse con Ridgeway. Desembarca en Nueva York y regresa en el primer barco.

—¿Y cuál era su papel?

—El hombre que tenía un duplicado de la llave, el que encargó la cerradura, el que no estuvo enfermo de bronquitis en su casa de campo..., en fin, el viejo "pesado". ¡Mister Shaw! Algunas veces se encuentran criminales en los puestos más elevados, amigo mío. Ah, ya hemos llegado. ¡Mademoiselle, he triunfado! ¿Me permite?

¡Y el radiante Poirot besó a la asombrada joven en ambas mejillas!

LA AVENTURA DE LA TUMBA EGIPCIA

Siempre he considerado que una de las aventuras más emocionantes y dramáticas que he compartido con Poirot fue nuestra investigación de la extraña serie de muertes que siguieron al descubrimiento y apertura de la tumba del rey Men-her-Ra.

Después del descubrimiento de la tumba de Tutankhamón por lord Cariarpon, sir Jobn Willard y mister Bleibner, de Nueva York, prosiguiendo sus excavaciones no lejos de El Cairo, en las proximidades de las pirámides de Gizeh, llegaron inesperadamente a una serie de cámaras mortuorias. Su descubrimiento despertó el mayor interés. La tumba parecía ser del rey Men-her-Ra, uno de esos oscuros reyes de la Octava Dinastía, cuando el antiguo Egipto iba cayendo en la decadencia. Muy poco se conocía acerca de este periodo y los descubrimientos fueron ampliamente comentados por la prensa.

No tardó en tener lugar un acontecimiento que causó profunda impresión. Sir John Willard falleció repentinamente de un ataque cardíaco.

Los periódicos más sensacionalistas aprovecharon inmediatamente la oportunidad para revivir todas las leyendas supersticiosas relacionadas con la mala suerte ocasionada por ciertos tesoros egipcios. La desgraciada momia del Museo Británico recobró actualidad, y aunque en el Museo negaban todo lo referente a ella, no obstante, disfrutaba de su renovada y discutida popularidad.

Quince días más tarde falleció, víctima de un envenenamiento, mister Bleibner, y pocos días después un sobrino suyo se pegó un tiro en Nueva York. La maldición de Men-her-Ra era el tema del día, y el mágico poder del desaparecido egipcio fue elevado a su punto álgido.

Fue entonces cuando Poirot recibió una breve nota de lady Willard, viuda del fallecido arqueólogo en la que pedía que fuera a verla a su casa de Kensington Square. Yo le acompañé.

Lady Willard era una mujer alta y delgada, e iba vestida de luto riguroso. Su rostro macilento era un testimonio elocuente de su pena reciente.

—Ha sido muy amable al venir tan pronto, monsieur Poirot.

—Estoy a su servicio, lady Willard. ¿Deseaba consultarme?

—Sé que es usted detective, pero no voy a consultarle sólo como detective. Es usted un hombre de opiniones originales y de mucha experiencia; dígame, monsieur Poirot, ¿qué opina usted de lo sobrenatural?

Poirot vaciló un momento antes de contestar. Al parecer estaba reflexionando, y al fin dijo:

—Hablemos claro, lady Willard. No se trata de una pregunta en general, sino personal, ¿no? Usted se refiere a la muerte de su difunto esposo, ¿verdad?

—Así es —confesó.

—¿Desea que investigue las circunstancias de su fallecimiento?

—Quiero que se descubra lo que es sólo palabrería de la prensa y lo que tiene de base cierta. Tres muertes, monsieur Poirot..., explicables consideradas aisladamente, pero que juntas constituyen una coincidencia demasiado increíble, y todo en el plazo de un mes de haber abierto esa tumba. Puede ser mera superstición, o una maldición del pasado que obra por medios desconocidos para la ciencia moderna. Pero la realidad son esas tres muertes. Y estoy asustada. Puede que éste no sea todavía el fin.

—¿Por quién teme usted?

—Por mi hijo. Cuando recibimos la noticia de la muerte de mi esposo, yo estaba enferma, y mi hijo, que acababa de llegar de Oxford, fue allí. Trajo a casa... el... cadáver; pero ahora ha vuelto a marcharse a pesar de todas mis súplicas y ruegos. Está tan fascinado por el trabajo que intenta ocupar el lugar de su padre y llevar adelante las excavaciones. Tal vez usted me crea una mujer tonta y crédula, pero tengo miedo, monsieur Poirot. Supongamos que el espíritu del difunto Rey no se haya aplacado todavía. Quizá piense usted que lo que digo son tonterías...

—No, en absoluto, lady Willard —repuso Poirot apresuradamente—. También yo creo en la fuerza de la superstición, una de las mayores que el mundo ha conocido.

Le miré sorprendido. Nunca hubiera creído que Poirot fuese supersticioso. Pero el hombrecillo hablaba con vehemencia.

—¿Lo que usted me pide en realidad es que proteja a su hijo? Haré cuanto me sea posible para preservarle de todo mal.

—Pero, ¿también a la vez contra una oculta influencia?

—En los libros de la Edad Media, lady Willard, encontrará usted muchos medios de contrarrestar la magia negra. Quizá sabían más que nosotros con toda nuestra ciencia tan cacareada. Ahora pasemos a los hechos que puedan servirnos de guía. Su esposo fue siempre un devoto egiptólogo, ¿no es cierto?

—Sí, desde su juventud. Era una de las personas de más autoridad sobre la materia.

—Y mister Bleibner, según tengo entendido, era poco más o menos un aficionado.

—Oh, desde luego. Era un hombre muy rico. Se metía en cualquier negocio o asunto que le llamara la atención. Mi esposo consiguió interesarle por la egiptología, y gracias a su dinero pudo financiarse la expedición.

—¿Y su sobrino? ¿Sabe usted cuáles eran sus gustos? ¿Participó también en la expedición?

—No lo creo. La verdad es que no conocía su existencia hasta que leí en los periódicos la noticia de su fallecimiento. No creo que él y mister Bleibner tuvieran una estrecha relación. Nunca dijo que tuviera parientes.

—¿Quiénes eran los otros miembros de la expedición?

—El doctor Tosswill, un funcionario relacionado con el Museo Británico; mister Schneider, del Museo Metropolitano de Nueva York; un joven secretario estadounidense; el doctor Ames, que acompañaba a la expedición gracias a su capacidad profesional, y Hassan, el fiel criado de mi esposo.

—¿Recuerda usted el nombre del secretario estadounidense?

—Creo que era Harper, pero no estoy segura. No llevaba mucho tiempo con mister Bleibner y era un joven muy agradable.

—Gracias, lady Willard.

—Si hay alguna cosa más...

—De momento nada. Déjelo en mis manos, y le aseguro que haré todo lo humanamente posible para proteger a su hijo.

No eran sus palabras muy tranquilizadoras; yo observé que lady Willard parpadeaba al oírlas. No obstante, al mismo tiempo, el solo hecho de que no se hubiera burlado de sus temores parecía haberla aliviado.

Por mi parte nunca había sospechado que Poirot poseyera una vena supersticiosa tan profunda, y mientras regresábamos a casa le hablé de ello. Su actitud fue seria y formal.

—Pues sí, Hastings. Yo creo en esas cosas. No debe menospreciarse la fuerza de la superstición.

—¿Qué vamos a hacer?

—*Toujours practique,* mi buen Hastings. *Eh bien,* para empezar telegrafiaremos a Nueva York para pedir más detalles de la muerte de Bleibner.

Y fuimos a enviar un cable. La respuesta fue completa y precisa. El joven Rupert Bleibner se encontraba apurado de dinero desde hacía varios días. Había sido colono y gandul de profesión en diversas islas de los mares del Sur, pero hacía dos años que había regresado a Nueva York, donde se fue hundiendo cada vez más. Lo más significativo, según mi parecer, era que recientemente se las había arreglado para que le prestasen el dinero suficiente para ir a Egipto. "Allí tengo un amigo que me prestará", había declarado. No obstante, sus planes fallaron y tuvo que regresar a Nueva York maldiciendo la avaricia de su tío, a quien importaban más los huesos de los reyes muertos y desaparecidos que su propia sangre. Fue durante su estancia en Egipto cuando se produjo la muerte de sir John Willard. Rupert volvió una vez más a su vida de disipación en Nueva York, y luego se suicidó, dejando una carta que contenía algunas frases curiosas. Parecía escrita en un momento de arrepentimiento. En ella decía que era un paria y un leproso y que los seres como él mejor estaban muertos.

Una teoría oscura fue tomando forma en mi cerebro. Yo nunca había creído realmente en la venganza de un antiguo rey egipcio. En todo ello yo veía un crimen moderno. Supongamos que aquel joven hubiera decidido deshacerse de su tío... utilizando un veneno, y por error fuese sir John Willard quien recibiera la dosis fatal. El joven regresa a Nueva York horrorizado de su crimen, y, una vez allí, recibe la noticia del fallecimiento de su tío, y comprende lo inútil que ha sido su crimen, y, presa del remordimiento, decide suicidarse.

Exterioricé mis pensamientos a Poirot, que pareció interesado.

—Es muy ingenioso lo que usted ha pensado... muy ingenioso. Puede ser cierto, pero ha olvidado la fatal influencia de la tumba.

Me encogí de hombros.

—¿Sigue pensando que tiene algo que ver en todo esto?

—Tanto, *mon ami,* que mañana salimos para Egipto.

—¿Qué? —exclamé estupefacto.

—Lo que he dicho. —Una expresión de consciente heroísmo invadió el rostro de Poirot, que gimió—: ¡Pero oh, el mar! ¡El odioso mar!

Llegamos una semana más tarde. Bajo nuestros pies la arena dorada del desierto, y sobre nuestras cabezas el sol abrasador. Poirot, agotado y convertido en la imagen de la miseria, caminaba a mi lado. El menudo hombrecillo no era un buen viajero. Nuestros cuatro días de viajes desde Marsella fueron una larga agonía para él. Cuando desembarcó en Alejandría era la sombra de sí mismo, e incluso su habitual pulcritud le había abandonado. Llegamos a El Cairo y nos dirigimos inmediatamente al Hotel Mena, situado a la sombra de las Pirámides.

El hechizo de Egipto se había apoderado de mí, pero no de Poirot. Vestido igual que en Londres, llevaba en su bolsillo un cepillo con el que libraba una batalla incesante con el polvo que se iba acumulando en sus ropas oscuras.

—Y mis zapatos —se lamentaba—. Mírelos, Hastings. Mis zapatos, del más fino charol, siempre tan elegantes y limpios. Observe, se llenan de arena, cosa muy dolorosa, y por fuera están hechos una desgracia. Y el calor hace que mi bigote se ponga lacio... ¡Lacio!

—Mire la Esfinge —le decía—. Incluso yo puedo percibir el misterio y encanto que exhala.

Poirot me contemplaba con disgusto.

—No tiene una expresión feliz —declaró—. ¿Cómo iba a tenerla estando semienterrada en la arena de forma tan incómoda? ¡Ah, esta maldita arena!

—Vamos, vamos, en Bélgica hay muchísima arena —le dije recordando unas vacaciones pasadas en Kno-che-sur-mer entre la niebla de *"les dunes impeccables"*, como rezaba en la guía.

—En Bruselas, no —declaró Poirot, contemplando pensativo las Pirámides—. Es cierto que por lo menos son de construcción sólida y geométrica, pero su superficie es de una desigualdad muy desagradable, y las palmeras no me gustan. ¡Ni siquiera cuando las plantan en hileras!

Corté sus lamentaciones insinuándole que debíamos salir para el campamento. Los camellos nos esperaban, arrodillados pacientemente, con una serie de muchachos pintorescos capitaneados por un dragomán.

Pasaré por alto el espectáculo de Poirot sobre su camello. Comenzó a gemir y a lamentarse y terminó invocando a la Virgen y a todos los santos del calendario. Al fin terminó su viaje sobre un borriquillo. Debo confesar que el trote del camello no es ninguna broma para los novatos. Las agujetas me duraron varios días.

Al fin nos aproximamos al escenario de las excavaciones. Un hombre de rostro atezado por el sol y barba gris, que vestía de blanco y se cubría con un salacot, salió a nuestro encuentro.

—¿Monsieur Poirot y el capitán Hastings? Hemos recibido su cable. Siento que no haya ido nadie a esperarles a El Cairo. Un acontecimiento imprevisto ha desbaratado por completo nuestros planes.

Poirot palideció. Su mano, que ya había asido el cepillo, cesó de moverse.

—¿Otra muerte? —pregunté sin aliento.

—Sí.

—¿Sir Guy Willard? —exclamé.

—No, capitán Hastings. Mi colega estadounidense mister Schneider.

—¿Y la causa? —quiso saber Poirot.

—Tétanos.

Palidecí. Todo a mi alrededor pareció envuelto en una atmósfera de misterio y amenaza. Me asaltó un pensamiento terrible. ¿Y si yo fuera el siguiente?

—*Mon Dieu* —dijo Poirot en voz muy baja—. No lo entiendo. Es horrible. Dígame, monsieur, ¿no existe la menor duda de que fue el tétanos?

—Creo que no, pero el doctor Ames podrá decírselo con más seguridad.

—Ah, claro, usted no es el médico.

—Mi nombre es Tosswill.

Era, pues, el experto descrito por lady Willard, el funcionario del Museo Británico. Tenía un aire grave y resuelto que me encantó.

—Si quieren acompañarme —continuó el doctor Tosswill les llevaré hasta sir Guy Willard. Dio orden de que se le avisase en cuanto ustedes llegaran.

Fuimos conducidos a una enorme tienda. El doctor Tosswill nos hizo pasar y en su interior vimos a tres hombres sentados.

—Monsieur Poirot y el capitán Hastings acaban de llegar, sir Guy —dijo Tosswill.

El más joven de los tres se puso en pie para saludarnos. En sus ademanes había cierta espontaneidad que me recordó a su madre. No estaba tan bronceado como los otros, y esto, unido al cansancio que reflejaban sus ojos, le hacía parecer mayor, pese a sus veintidós años. Evidentemente trataba de soportar una terrible opresión mental.

Nos presentó a sus dos acompañantes: el doctor Ames, un hombre de unos treinta y tantos años, de expresión inteligente y sienes ligeramente plateadas, y mister Harper, el secretario, un joven agradable que usaba lentes con montura de concha.

Al cabo de unos minutos de conversación intrascendente, este último salió seguido del doctor Tosswill. Quedamos solos con sir Guy y el doctor Ames.

—Por favor, háganos las preguntas que desee, monsieur Poirot —dijo Willard—. Estamos confundidos por esta extraña serie de desgracias, pero no pueden ser otra cosa que coincidencias.

El nerviosismo de sus ademanes desmentía sus palabras. Vi que Poirot le estudiaba atentamente.

—¿Tiene usted mucho interés en ese trabajo, sir Guy?

—Ya lo creo. No importa lo que ocurra, el trabajo continuará. Puede estar seguro de ello.

Poirot volvióse al otro individuo.

—¿Y qué me dice usted, *monsieur le docteur?*

—Bien —repuso el médico—. Yo tampoco renuncio.

Poirot exhibió una de sus expresivas sonrisas.

—Entonces, *évidemment,* debemos averiguar a qué hemos de hacer frente. ¿Cuándo ocurrió el fallecimiento de mister Schneider?

—Hace tres días.

—¿Está usted seguro de que murió de tétanos?

—Por completo.

—¿No podría tratarse de un caso de envenenamiento... con estricnina, por ejemplo?

—No, monsieur Poirot. Sé adónde quiere ir a parar. Pero fue un caso claro de tétanos.

—¿No le inyectó la vacuna antitetánica?

—Claro que sí —repuso el médico con tono seco—. Se hizo cuanto era posible.

—¿Tenía usted ya la vacuna?

—No. La trajimos de El Cairo.

—¿Ha habido otros casos de tétanos en el campamento?

—No, ninguno.

—¿Está usted bien seguro de que el fallecimiento de mister Bleibner fue debido al tétanos?

—Completamente seguro. Se hizo un rasguño en el pulgar y se le infectó, produciéndole una septicemia. Para un profano tal vez parezca lo mismo, pero son dos cosas distintas por completo.

—Entonces tenemos cuatro muertes... todas distintas..., una debida a un ataque al corazón, otra por envenenamiento, un suicidio y otra como consecuencia del tétanos.

—Exacto, monsieur Poirot.

—¿Está seguro de que no hay nada que las relacione?

—No lo comprendo...

—Lo diré con otras palabras. ¿Esos cuatro hombres cometieron alguna acción que pudiera parecer irrespetuosa al espíritu de Men-her-Ra?

El doctor miró a Poirot asombrado.

—¿Habla en serio, monsieur Poirot? No es posible que le hayan hecho creer esas tonterías...

—Completamente absurdas... —musitó Willard, irritado.

Poirot permaneció inmutable mientras le brillaban sus ojos verdes de felino.

—¿De modo que usted no lo cree, *monsieur le docteur*?

—No, monsieur, no lo creo —declaró el médico con énfasis—. Soy científico y sólo creo lo que me enseña la ciencia.

—¿Es que acaso no la había en el antiguo Egipto? —preguntó Poirot en tono bajo. No aguardaba su respuesta, y desde luego el doctor Ames parecía bastante desconcertado de momento—. No, no me responda, pero dígame una cosa. ¿Qué opinan los obreros nativos?

—Supongo que cuando los blancos pierden la cabeza los nativos no se quedan muy atrás —replicó el doctor Ames—. Admito que están algo asustados... pero no tienen motivo para ello.

—Eso es lo que me pregunto... —dijo Poirot.

Sir Guy inclinóse hacia delante.

—Seguramente no creerá usted... en... ¡Oh, pero eso es absurdo! —exclamó en tono incrédulo—. No sabe usted nada del antiguo Egipto sino eso.

Como respuesta, Poirot extrajo de su bolsillo... un libro viejo y muy gastado. Vi su título: *La Magia de los egipcios* y *caldeos*.

Luego, dando media vuelta, salió de la tienda y el médico me miró preocupado.

—¿Cuál es su idea?

Aquella frase, tan familiar en labios de Poirot, me hizo sonreír al oírsela a otra persona.

—No lo sé exactamente —confesé—. Creo que planea conjurar a los malos espíritus.

Fui en busca de Poirot y le encontré hablando con el joven de rostro enjuto que había sido secretario del difunto mister Bleibner.

—No —le decía mister Harper—. Sólo hace seis meses que formo parte de la expedición. Sí, conocía los asuntos de mister Bleibner bastante bien.

—¿Puede relatarme lo que tenga relación con su sobrino?

—Un día apareció por aquí; era un joven apuesto. No le conocí hasta entonces, pero algunos de los otros le conocieron antes... Ames, creo, y Schneider. El viejo no se alegró nada al verle. Y al poco tiempo estaban como el perro y el gato. "Ni un céntimo", gritaba el viejo. "No tendrás un céntimo ni ahora ni cuando me muera. Tengo intención de dejar mi dinero para que sirva de ayuda al esfuerzo de toda mi vida. Hoy he estado hablando de ello con mister Schneider." Y así poco más o menos. El joven Bleibner regresó a El Cairo en seguida.

—¿Gozó siempre de buena salud durante ese tiempo?

—¿El viejo?

—No, el joven.

—Creo haberle oído decir que no se encontraba bien pero no sería nada serio, o me acordaría.

—Una cosa más. ¿Mister Bleibner dejó testamento?

—Que nosotros sepamos, no.

—¿Se quedará usted en la expedición, monsieur Har-per?

—No, monsieur. Me marcho a Nueva York en cuanto deje arreglados algunos asuntos. Puede usted reírse cuanto guste, pero no quiero ser la próxima víctima de ese maldito Men-her-Ra. Y si me quedara, lo sería.

El joven se enjugó el sudor de la frente.

Poirot se volvió para marcharse, y le dijo por encima del hombro y con una sonrisa peculiar:

—Recuerde que una de las víctimas murió en Nueva York.

—¡Oh, al diablo! —replicó Harper, irritado.

—Este joven está nervioso —dijo Poirot, enigmático—. A punto de estallar..., a punto... a punto.

Le miré con curiosidad, pero su sonrisa enigmática no me dijo nada. Fuimos a visitar las excavaciones acompañados de sir Guy Willard y el doctor Tosswill. Los principales hallazgos habían sido trasladados a El Cairo, pero algunos de los decorados de la tumba eran en extremo interesantes. El entusiasmo del joven barón era evidente, aunque creía ver una sombra de inquietud en sus ademanes, como si no lograse escapar a la sensación de amenaza que flotaba en el ambiente. Cuando entramos en la tienda que se nos había asignado para asearnos antes de la cena, una figura oscura vestida de blanco se hizo a un lado para dejarnos paso con una gentil reverencia y murmurando un saludo en árabe. Poirot se detuvo.

—¿Es usted Hassan, el criado del difunto sir John Willard?

—Serví a milord sir John y ahora sirvo a su hijo. —Dio un paso hacia nosotros y bajó la voz—. Dicen que es usted un sabio que sabe tratar con los malos espíritus. Deje que mi joven amo se marche de aquí. Se respira el mal ambiente que nos rodea.

Y con gesto brusco y sin esperar una respuesta se marchó.

—El mal se respira por doquier —musitó Poirot—. Sí, lo percibo.

Nuestra cena no fue precisamente alegre. La voz cantante la llevó el doctor Tosswill, que disertó largamente sobre las antigüedades egipcias. Cuando nos disponíamos a retirarnos para descansar, sir Guy, asiendo a Poirot por un brazo, le señaló una figura oscura que se movía entre las tiendas. No era humana; reconocí perfectamente la cabeza de perro que viera grabada en las paredes de la tumba.

Al verla se me heló la sangre.

—*Mon Dieu!* —murmuró Poirot persignándose—. Es Anubis, el cabeza de chacal, el dios de los muertos.

—Alguien se está burlando de nosotros —exclamó el doctor Tosswill, poniéndose en pie indignado.

—Ha entrado en su tienda, Harper —musitó sir Guy con el rostro muy pálido.

—No —dijo Poirot sacudiendo la cabeza—, en la del doctor Ames.

El doctor me miró incrédulo; luego, repitiendo las palabras de Tosswill, exclamó:

—Alguien se está burlando de nosotros. Vamos, pronto le descubriremos.

Y se lanzó en persecución de la asombrosa aparición. Yo le seguí, pero por más que buscamos no encontramos ni rastro de ningún ser viviente que hubiera pasado por allí. Regresamos, un tanto confundidos, y encontré a Poirot tomando medidas enérgicas, a su manera, para mantener su seguridad personal. Estaba muy atareado en la arena. Reconocí la estrella de cinco puntas o pentágono, que repetía varias veces. Como era su costumbre, Poirot estaba improvisando una conferencia sobre brujería y magia en general... La magia blanca enfrentándose con la negra... con amplias referencias a Ra y al *Libro de los Muertos*.

Al parecer, todo aquello excitó el desprecio del doctor Tosswill, quien me apartó a un lado, rugiendo de furor.

—Tonterías, monsieur —exclamó irritado—. Simplezas. Ese hombre es un impostor. No conoce la diferencia entre las supersticiones de la Edad Media y las creencias del antiguo Egipto. Nunca había oído tal mezcolanza de ignorancia y credulidad.

Procuré apaciguar al excitado experto y fui a reunirme con Poirot en nuestra tienda. Mi amigo resplandecía de contento.

—Ahora podemos dormir en paz —declaró feliz—. Y lo necesito. Me duele mucho la cabeza. ¡Ah, no sé lo que daría por una buena *tisane!*

Como si fuera la respuesta a su plegaria, se abrió la tienda y apareció Hassan con una taza humeante que ofreció a Poirot. Resultó ser una infusión de manzanilla, a la que es muy aficionado. Después de darle las gracias y rechazar otra taza para mí, volvimos a quedarnos solos. Después de desnudarme permanecí algún tiempo contemplando el desierto desde la tienda.

—Es un lugar maravilloso —dije en voz alta—, y un trabajo maravilloso. Puedo percibir su fascinación. Esta vida en el desierto..., el sondear en el corazón de una civilización extinta. Poirot, usted también tiene que sentir su encanto.

No obtuve respuesta y me volví algo molesto. Al instante mi contrariedad había desaparecido, siendo reemplazada por la inquietud. Poirot yacía sobre el tosco lecho con el rostro horriblemente congestionado. A su lado estaba la taza vacía. Corrí a su lado, y luego a la tienda del doctor Ames.

—¡Doctor Ames! —grité—. Venga en seguida.

—¿Qué ocurre? —dijo el médico, apareciendo en pijama.

—Mi amigo. Está enfermo. Agonizante. Ha sido la manzanilla. No permitan que Hassan abandone el campamento.

Como un rayo el doctor corrió hasta nuestra tienda. Poirot yacía en la misma posición en que yo lo dejara.

—Es extraordinario —exclamó Ames—, parece un ataque... o... ¿qué dice usted que ha bebido? —y alzó la taza vacía.

—¡Sólo que no la bebí! —dijo una voz tranquila.

Nos volvimos asombrados. Poirot se hallaba sentado en la cama y nos sonreía.

—No —dijo de nuevo—. No la bebí. Mientras mi buen amigo Hastings estaba apostrofando la belleza de la noche, aproveché la ocasión para verterla, no en mi garganta, sino en una botellita que irá a manos del analista. No... —dijo al ver que el doctor hacía un movimiento repentino— como hombre razonable comprenderá que toda resistencia sería inútil. Mientras Hastings iba en su busca he tenido tiempo para ponerla a salvo. ¡Ah, Hastings, de prisa, sujétele!

No supe comprender la ansiedad de Poirot. Deseoso de salvar a mi amigo, me coloqué ante él, pero el médico tenía otra intención. Llevándose la mano a la boca introdujo algo en ella que exhaló un olor a almendras amargas, y tambaleándose hacia delante, cayó.

—Otra víctima —dijo Poirot en tono grave—, pero la última. Tal vez haya sido el mejor medio. Es el responsable de tres muertes.

—¿El doctor Ames? —exclamé estupefacto—. Pero si yo creí que usted lo achacaba a alguna influencia oculta.

—No supo comprenderme, Hastings. Lo que yo quise decir es que creía en la terrible fuerza de la superstición. Una vez se ha establecido firmemente que una serie de muertes fueron sobrenaturales, se puede apuñalar a un hombre a la plena luz del día, y su muerte será atribuida a la maldición... tan arraigado lleva la naturaleza humana el instinto de lo sobrenatural. Desde el primer momento sospeché que ese hombre se estaba aprovechando de ese instinto. Supongo que se le ocurrió la idea al fallecer sir John Willard, y despertarse la superstición en el acto. Al parecer, nadie podía sacar ningún beneficio particular de la muerte de sir John. Mister Bleibner era un caso distinto. Era un hombre muy rico. La información recibida en Nueva York contenía algunos puntos sugestivos. Para empezar, el joven Bleibner había dicho que tenía un buen amigo en Egipto, quien podría prestarle dinero. Tácitamente se comprendía que hacía referencia a su tío, pero a mí me pareció que de ser así lo hubiera hecho sin rodeos. Sus palabras me sugirieron a algún compañero suyo que hubiera hecho fortuna. Algo más, consiguió el dinero suficiente para marchar a Egipto, su tío se negó a adelantarle un penique, y no obstante pudo pagarse el pasaje de regreso a Nueva York. Alguien debió prestárselo.

—Todo eso es muy ambiguo —objeté.

—Pero había más. Hastings, ocurre bastante a menudo que las palabras dichas metafóricamente se toman al pie de la letra, y también puede suceder lo contrario. En este caso, las palabras que fueron dichas lisa y llanamente fueron tomadas en metáfora. El joven Bleibner escribió sencillamente: "soy un leproso", pero nadie supo ver que se suicidó porque creía haber contraído la terrible enfermedad de la lepra.

—¿Qué? —exclamé.

—Ésa fue la intención de una mente diabólica. El joven Bleibner sufría alguna infección cutánea sin importancia; había vivido en las islas de los mares del Sur, donde es bastante corriente esa enfermedad. Ames era un antiguo amigo suyo, un médico conocido, y no soñó siquiera en dudar de su palabra. Cuando llegué aquí mis sospechas se repartían entre Harper y el doctor Ames, pero pronto comprendí que sólo el doctor pudo haber perpetrado y realizado los crímenes, y supe por Harper que ya conocía al joven Bleibner. Sin duda alguna este último debió de hacer testamento o asegurar su vida en favor del médico, y Ames vio la oportunidad de hacerse rico. Le fue fácil inocular a Bleibner los gérmenes mortales. Luego, su amigo, desesperado por las terribles noticias que Ames le ha comunicado, se suicida. Mister Bleibner, a pesar de sus intenciones, no hizo testamento. Su fortuna pasaría a su sobrino y de éste al médico.

—¿Y mister Schneider?

—No podemos estar seguros. Recuerde que también conocía al joven Bleibner, y puede que sospechara algo, o tal vez el doctor pensase que una muerte más fortalecería la superstición. Además existe un factor psicológico muy importante, Hastings. Un asesino siempre siente el deseo imperioso de repetir su crimen, de ahí mis temores por el joven Willard. La figura de Anubis que vio usted esta noche era Hassan, vestido según mis instrucciones. Quise ver si conseguía asustar al doctor. Pero se necesitaba algo más para desenmascararlo. Vi que no le convencían del todo mis fingidas creencias, y mi pequeña comedia no le engañó. Sospeché que intentaría convertirme en su próxima víctima. ¡Ah, pero a pesar de la *mer maudite,* el calor insoportable y las molestias de la arena, las pequeñas células grises todavía funcionaban!

Poirot probó que sus teorías eran ciertas. El joven Bleibner, años atrás, en un momento de euforia producida por la bebida, hizo testamento, dejando "mi pitillera que tanto admiráis y todo lo demás que posea, que serán principalmente deudas, a mi buen amigo Robert Ames que una vez me salvó de perecer ahogado".

El caso se silenció todo lo posible y a partir de aquel día todo el mundo habla de la considerable serie de muertes relacionadas con la tumba de Men-her-Ra como una prueba triunfal de la venganza de un antiguo rey sobre los profanadores de su tumba, creencia que, según Poirot me hizo ver, es contraria al sentir y pensar de los egipcios.

—Poirot —dije—, le conviene un cambio de aires.

—¿Usted cree, *mon ami?*

—Estoy seguro.

—¿Eh..., eh? —replicó mi amigo sonriendo—. Entonces, ¿está todo arreglado?

—¿Acepta usted, pues?

—¿Dónde se propone llevarme?

—A Brighton. A decir verdad, un amigo mío de la ciudad me ha proporcionado un buen asunto y, bueno, como vulgarmente se dice, tengo dinero para gastar. Creo que un fin de semana en el Grand Metropolitan nos sentaría divinamente.

—Gracias, acepto agradecido. Ha tenido el buen corazón de acordarse de este viejo. Y a fin de cuentas, un buen corazón vale tanto como todas las células grises. Sí, sí, yo soy quien lo digo, a veces corro el peligro de olvidarlo.

Yo no le agradecí demasiado el comentario. Creo que Poirot algunas veces se siente inclinado a despreciar mi capacidad mental. Pero su contento era tan grande que dejé a un lado mi contrariedad.

—Entonces, todo arreglado —dije apresuradamente.

El sábado estábamos cenando en el Grand Metropolitan en medio de la alegre concurrencia. Todo el mundo parecía encontrarse en Brighton. Los trajes eran maravillosos, y las joyas..., exhibidas algunas veces por ostentación y no con buen gusto... eran algo magnífico.

—Bien, ¡esto es todo un espectáculo! —murmuró Poirot—. Este es el hogar de los que han hecho fortuna sin escrúpulos, ¿no es cierto, Hastings?

—Se supone —repliqué—. Pero esperemos que todos no se hayan manchado con el mismo barro.

Poirot, complacido, miró en derredor suyo.

—La vista de tantas joyas me hace desear haber puesto mi cerebro al servicio del crimen, en vez de perseguirlo. ¡Qué magnífica oportunidad para algún ladrón distinguido! Hastings, fíjese en esa señora obesa, junto a la columna. Está completamente cubierta de pedruscos.

Seguí la dirección de su mirada.

—Vaya —exclamé—, es mistress Opalsen.

—¿La conoce?

—Ligeramente. Su esposo es un rico corredor de Bolsa que hizo fortuna con la reciente alza del petróleo.

Después de la cena coincidimos con los Opalsen en el vestíbulo y les presenté a Poirot. Charlamos unos minutos y terminamos por tomar café juntos.

Poirot dirigió unas palabras de alabanza a algunas de las costosas joyas que adornaban el voluminoso tórax de la dama, que se animó en seguida.

—Es mi afición predilecta, monsieur Poirot. *Adoro* las joyas. Ed conoce mi debilidad, y cada vez que las cosas van bien me trae algo nuevo. ¿Le interesan a usted las piedras preciosas?

—He tenido que tratar con ellas de vez en cuando, madame. Mi profesión me ha puesto en contacto con las joyas más famosas del mundo.

Y empezó a referirle, empleando discretos seudónimos, la historia de las joyas de una Casa reinante, mientras mistress Opalsen le escuchaba conteniendo el aliento.

—Vaya —exclamó al terminar—. ¡Es como una comedia! ¿Sabe?, poseo unas perlas que tienen historia. Creo que es uno de los collares más finos del mundo... sus perlas son tan hermosas, tan iguales y tan perfectas de color... ¡Iré a buscarlo para que lo vea!

—Oh, madame —protestó Poirot—, es usted demasiado amable. ¡No se moleste!

La obesa señora se dirigió hacia el ascensor con bastante ligereza. Su esposo, que había estado hablando conmigo, miró a Poirot interrogadoramente.

—Su esposa es tan amable que ha insistido en enseñarme su collar de perlas —explicó este último.

—¡Oh, las perlas! —Opalsen sonrió con aire satisfecho—. Bien vale la pena verlas. ¡Y también costaron lo suyo! No obstante, es una buena inversión: podría obtener lo que me costaron en cualquier momento dado..., y quizá más. Tal vez tenga que hacerlo si las cosas continúan como ahora. El dinero está tan limitado en la ciudad... —y siguió hablando de tecnicismos que no estaban al alcance de mi comprensión.

Fue interrumpido por unos botones que, acercándose a él, le murmuró unas palabras al oído.

—¿Eh... qué? Iré en seguida. No se habrá puesto enferma, ¿verdad? Discúlpenme, caballeros.

Y nos dejó bruscamente. Poirot reclinóse en su sillón y encendió uno de sus diminutos cigarrillos rusos. Luego, con sumo cuidado y meticulosidad, fue colocando las tazas de café vacías de modo que formasen una hilera perfecta y sonrió feliz del resultado.

Los minutos iban transcurriendo y los Opalsen no regresaban.

—No volverán.

—Es extraño —comenté al fin—. Me pregunto cuándo volverán.

—¿Por qué?

—Porque, amigo mío, algo ha sucedido.

—¿Cómo lo sabe? —pregunté con curiosidad.

Poirot sonreía.

—Hace pocos minutos el gerente salió apresuradamente de su despacho y corrió hacia arriba muy agitado. El botones del ascensor está enfrascado en una conversación muy interesante con otro botones. El timbre ha sonado tres veces, pero él no atiende. Y por último, incluso los camareros están *distraits;* y para que un camarero se distraiga —Poirot meneó la cabeza significativamente— el asunto debe ser de primera magnitud. ¡Ah, lo que imaginaba! Aquí llega la policía.

Dos hombres acababan de penetrar en el hotel... uno de uniforme y el otro vestido de paisano. Hablaron con un botones, e inmediatamente fueron acompañados arriba. Pocos minutos más tarde el mismo botones se acercaba al lugar donde estábamos sentados.

—Mister Opalsen, con todos sus respetos, les ruega que suban.

Poirot se puso en pie de un salto, como si hubiera estado esperando la invitación, y yo le seguí con no menos ímpetu.

Las habitaciones de los Opalsen hallábanse en el primer piso. Después de llamar a la puerta, el botones se retiró y nosotros obedecimos al "¡Adelante!". Una extraña escena apareció ante nuestros ojos. Nos encontrábamos en el dormitorio de la señora Opalsen, y en el centro de la habitación, reclinada en un sillón, hallábase la propia dama sollozando violentamente. Era todo un espectáculo, pues las lágrimas iban trazando surcos en su maquillaje. Mister Opalsen paseaba furioso de un lado a otro y los dos policías permanecían en pie con sendas libretas en la mano. Una camarera del hotel, asustadísima, permanecía junto a la chimenea; al otro lado de ésta había una francesa, sin duda la doncella de mistress Opalsen, que sollozaba y se retorcía las manos con gestos exagerados que rivalizaban con los de su señora.

En medio de aquel infierno apareció Poirot pulcro y sonriente, y con una energía insospechada en una mujer de peso, mistress Opalsen se levantó para dirigirse hacia él.

—Escuche: Ed puede decir lo que quiera, pero yo creo en la suerte. Estaba escrito que yo le conocería esta noche, y tengo el presentimiento que si usted no logra recuperar mis perlas nadie podrá conseguirlo nunca.

—Cálmese, se lo ruego, madame. —Poirot le acarició una mano para tranquilizarla—. No se preocupe. Todo saldrá bien. ¡Hércules Poirot le ayudará!

Mister Opalsen volvióse hacia el inspector de policía.

—¿Supongo que no tendrán inconveniente en que... recurra a este caballero?

—En absoluto, señor —replicó el que vestía de paisano—. Quizás ahora su esposa se encuentre mejor y quiera darnos a conocer lo ocurrido...

Mistress Opalsen miró a Poirot, y éste la acompañó de nuevo a su sillón.

—Siéntese, madame, y cuéntenos toda la historia, sin alterarse.

Mistress Opalsen, tras secarse los ojos, comenzó:

—Después de cenar subí a buscar mis perlas para que las viera monsieur Poirot. La doncella del hotel y Célestine estaban en mi habitación, como de costumbre...

—Perdóneme, madame, pero, ¿qué quiere decir "como de costumbre"?

Mister Opalsen lo explicó.

—Tengo ordenado que nadie entre en la habitación a menos que Célestine, la doncella, esté aquí también. La camarera del hotel arregla la habitación por la mañana en presencia de Célestine, y después de cenar viene a abrir las camas en las mismas condiciones: de otro modo nadie en absoluto entra en esta habitación.

—Bien, como iba diciendo —continuó mistress Opalsen—. Subí y me acerqué a ese cajón de ahí... —señaló el último cajón de la derecha del tocador—. Saqué mi joyero y lo abrí. Al parecer, estaba como de costumbre... lo vi en seguida, ¡pero las perlas habían desaparecido!

El inspector, que había estado escribiendo afanosamente, preguntó:

—¿Cuándo las vio por última vez?

—Estaban aquí cuando bajé a cenar.

—¿Está usted segura?

—Segurísima. No sabía si ponérmelas o no, y al fin me decidí por las esmeraldas, y volví a guardarlas en el joyero.

—¿Quién lo cerró?

—Yo. Llevo la llave colgada del cuello con una cadenita —y al decirlo nos la enseñó.

El inspector la examinó minuciosamente, encogiéndose de hombros.

—El ladrón debe de tener un duplicado de la llave. No es difícil. La cerradura es bien sencilla. ¿Qué hizo usted una vez hubo cerrado el joyero?

—Volví a colocarlo en el último cajón, que es donde siempre lo guardo.

—¿No cerró el cajón con llave?

—No, nunca lo hago. Mi doncella permanece en la habitación hasta que yo subo, de modo que no es necesario.

El rostro del inspector se ensombreció.

—¿Debo entender que las joyas estaban ahí cuando usted bajó a cenar, y que desde entonces la *doncella no hubo abandonado la habitación*?

De pronto, como si por primera vez comprendiera su situación, Célestine exhaló un grito agudo y abalanzándose sobre Poirot le lanzó un torrente de frases incoherentes en francés.

—¡Aquella sugerencia era infame! ¿Cómo era posible que sospecharan que ella robó a madame? ¡La policía es de una estupidez increíble! Pero monsieur, que era francés...

—Belga —le corrigió Poirot, mas Célestine no hizo caso de la interrupción.

A pesar de que esta arenga había sido pronunciada en rápido y pintoresco francés, Célestine había intercalado tal cantidad de ademanes que la camarera comprendió por lo menos parte de su significado y enrojeció vivamente.

—¡Si esa extranjera dice que yo he cogido las perlas, es mentira! —declaró con calor—. Ni siquiera las vi nunca.

—¡Regístrenla! —gritó la otra—. Las encontrarán como les he dicho.

—Eres una mentirosa..., ¿has oído? —dijo la camarera avanzando hacia ella—. Las has robado tú y quieres echarme las culpas a mí. Sólo estuve tres minutos en la habitación antes de que subiera la señora, y tú estuviste todo el tiempo ahí, sentada, vigilándome como un gato a un ratón.

El inspector miró interrogadoramente a Célestine.

—¿Es eso cierto? ¿No ha abandonado usted la habitación para nada?

—La verdad es que no la dejé sola —admitió Célestine—, pero fui a mi cuarto, que está ahí al lado, dos veces..., una para buscar un carrete de hilo y la otra fui a por mis tijeras. Debió cogerlas entonces.

—No tardaste ni un minuto —replicó la camarera irritada—. Sólo saliste y entraste. Me alegraré de que me registre la policía. No tengo nada que temer.

En aquel momento llamaron a la puerta y el inspector fue a abrir. Su rostro se iluminó al ver de quién se trataba.

—¡Ah! —exclamó— Esto sí que es una suerte. Envié a buscar a una de esas matronas y acaba de llegar. Tal vez no les importe pasar a la otra habitación para que las registre.

Miró a la camarera, que pasó a la habitación contigua seguida de la matrona.

La francesita se había dejado caer sobre una silla sollozando. Poirot contemplaba la habitación cuyas características principales se expresan en este boceto.

—¿Adónde conduce esta puerta? —preguntó indicando con un movimiento de cabeza la que estaba junto a la ventana.

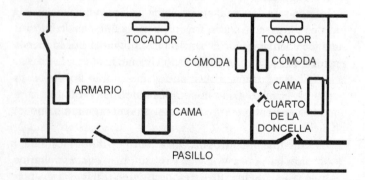

—Creo que al departamento contiguo —repuso el inspector—. De todas formas tiene pestillo por este lado.

Poirot, acercándose a ella, lo descorrió para tratar de abrirla.

—Y por el otro lado también —observó—. Bien, parece que queda descartado.

Se fue acercando a cada ventana, por turno, para examinarlas.

—Y por aquí... tampoco. Ni siquiera hay balcón.

—Aunque lo hubiera —dijo el inspector—. No veo de qué iba a servirnos si la doncella no salió de la habitación.

—*Évidemment* —replicó Poirot sin desconcertarse—. Puesto que mademoiselle está segura de no haber salido de aquí...

Fue interrumpido por la reaparición de la camarera y la matrona.

—Nada —fue la lacónica respuesta de esta última.

—Desde luego —replicó la camarera muy digna—. Y esa francesa debiera avergonzarse de haber difamado a una chica honrada.

—Bueno, bueno; ya está bien —dijo el inspector abriendo la puerta—. Nadie sospecha de usted. Puede marcharse y continuar su trabajo.

La joven obedeció de mala gana.

—¿Van a registrarla? —preguntó señalando a Célestine.

—¡Sí, sí! —cerrando la puerta tras ella, hizo girar la llave de la cerradura.

Célestine acompañó a la matrona a la habitación contigua, de donde regresó pocos minutos más tarde. Tampoco le había encontrado nada.

El inspector se puso serio.

—Me temo que de todas formas tendré que pedirle que me acompañe, señorita —volvióse a mistress Opalsen—. Lo siento, señora, pero la evidencia la condena. Si no las lleva encima deben de estar escondidas en esta habitación.

Célestine lanzó otro grito y se asió del brazo de Poirot, que, inclinándose susurró unas palabras al oído de la joven, que le miró dubitativa.

—Sí, sí, *mon enfant...*, le aseguro que es mejor no resistirse —luego volvióse al inspector—. ¿Me permite un pequeño experimento, monsieur? Puramente para mi propia satisfacción y sólo por eso.

—Depende de lo que sea —replicó el policía sin comprometerse.

Poirot se dirigió a Célestine para insistir sobre el caso una vez más.

—Nos ha dicho usted que fue a su habitación a buscar un carrete de hilo y alguna cosa más. ¿Dónde estaba?

—Encima de la cómoda, monsieur.

—¿Y las tijeras?

—También.

—¿Le sería mucha molestia repetir esas dos acciones? ¿Dice usted que estaba aquí sentada cosiendo, mademoiselle?

Célestine sentóse, y luego, a una señal de Poirot, se levantó y fue hasta la habitación contigua, donde cogió un objeto de encima de la cómoda y regresó.

Poirot dividió su atención entre sus movimientos y un enorme reloj que tenía en la palma de la mano.

—Hágalo otra vez, si no le importa, mademoiselle.

Al finalizar la segunda representación, anotó unas palabras en su libreta y volvió a guardar el reloj en su bolsillo.

—Gracias, mademoiselle. Y a usted, monsieur —se dirigió al inspector inclinándose graciosamente—, por su amabilidad.

El inspector pareció un tanto divertido por su excesiva cortesía. Célestine se marchó deshecha en lágrimas, acompañada de la matrona y el policía vestido de paisano.

Luego, tras dirigir unas palabras de disculpa a mistress Opalsen, el inspector se dispuso a registrar la habitación. Sacó los cajones, abrió los armarios, deshizo la cama y golpeó el suelo. Mister Opalsen le contemplaba escéptico.

—¿De verdad cree usted que las encontrará en esta habitación?

—Sí, señor. No ha tenido tiempo de sacarlas de aquí. La señora, al descubrir tan pronto el robo, desbarató sus planes. Sí, tienen que estar aquí. Una de las dos debe haberlas escondido... y es improbable que la camarera pudiera hacerlo.

—¡Más que improbable... imposible! —dijo Poirot tranquilamente.

—¿Eh? —el inspector se sobresaltó.

Poirot sonreía con modestia.

—Se lo demostraré. Hastings, mi buen amigo, tome mi reloj... con cuidado. ¡Es un recuerdo de familia! Acabo de controlar los movimientos de mademoiselle... su primera ausencia duró doce segundos, la segunda quince. Ahora observe mis actuaciones. Madame, ¿quiere tener la gentileza de darme la llave de su joyero? Gracias. Mi buen amigo Hastings tendrá la amabilidad de decir: ¡Ya!

—¡Ya! —dije yo.

Con rapidez casi increíble, Poirot abrió el cajón del tocador, extrajo el joyero, introdujo la llave en su cerradura, lo abrió, escogió una joya, volviendo luego a cerrarlo y depositarlo en el cajón, que cerró de nuevo. Sus movimientos eran rápidos como el rayo.

—¿Y bien, *mon ami?* —preguntó sin aliento.

—Cuarenta y seis segundos —repliqué.

—¿Lo ven? —miró a su alrededor—. La camarera no tuvo tiempo de coger el collar y mucho menos de esconderlo.

—Entonces tuvo que ser la doncella —dijo el inspector volviendo a su búsqueda, que continuó en el dormitorio contiguo, el de la doncella.

Poirot fruncía el ceño pensativo, y de pronto lanzó una pregunta a mister Opalsen.

—Ese collar estaría... asegurado, sin duda..., ¿verdad?

Mister Opalsen pareció algo sorprendido por la pregunta.

—Sí —dijo vacilando—, lo está.

—Pero, ¿eso qué importa? —intervino mistress Opalsen entre lágrimas—. Es el collar lo que yo quiero. Era único. Con ningún dinero podría conseguir otro igual.

—Lo comprendo, madame —dijo Poirot procurando tranquilizarla—. Lo comprendo perfectamente. Para la *femme* el sentimiento lo es todo..., ¿no es cierto? Pero, monsieur, cuya susceptibilidad no es tan fina, encontrará una ligera consolación al pensar que estaba asegurado.

—Desde luego, desde luego —repuso mister Opalsen con voz insegura—. No obstante...

Fue interrumpido por un grito de triunfo del inspector, que apareció llevando algo entre sus dedos.

Con una exclamación, mistress Opalsen se levantó de su sillón:

—¡Oh, oh, mi collar!

Lo acercó a su pecho, asiéndolo con ambas manos. Todos la rodeamos.

—¿Dónde estaba? —preguntó mister Opalsen.

—En la cama de la doncella, entre los muelles del colchón. Debió robarlo y esconderlo allí antes de que llegara la camarera.

—¿Me permite, madame? —preguntó Poirot con gran amabilidad, y cogiendo el collar lo examinó minuciosamente; luego se lo devolvió con una reverencia.

—Me temo que de momento deberá dejarlo en nuestras manos, madame —dijo el inspector—. Lo necesitaremos para hacer los cargos. Pero se lo devolveremos tan pronto como nos sea posible.

Mister Opalsen frunció el ceño.

—¿Es necesario?

—Me temo que sí. Se trata de una simple formalidad.

—¡Oh, déjaselo, Ed! —exclamó la esposa—. Así estará más seguro. Yo no dormiría pensando que alguien pudiera intentar apoderarse de él. ¡Esa maldita muchacha! Nunca hubiera creído una cosa así de ella.

—Vamos, vamos, querida, no lo tomes así, no te disgustes.

Sentí una ligera presión en mi brazo. Era Poirot.

—¿Nos vamos ya, amigo mío? Creo que nuestros servicios ya no son necesarios.

Sin embargo, una vez fuera, le vi vacilar y, ante mi sorpresa, observó:

—Me gustaría ver la habitación contigua.

La puerta no estaba cerrada y entramos. La habitación, que era muy amplia, estaba vacía. El polvo lo cubría todo por doquier, y mi sensible amigo hizo una mueca muy característica al pasar uno de sus dedos por una huella rectangular que había sobre una mesita cerca de la ventana.

—El servicio deja mucho que desear —comentó en tono seco.

Miraba pensativo por la ventana y al parecer se había olvidado de mí.

—Bueno. ¿A qué hemos venido aquí? —pregunté impaciente.

—*Je vous demande pardon, mon ami.* He querido ver si la puerta estaba cerrada por este lado también.

—Bueno —repetí mirando la puerta de comunicación que daba a la habitación que acabábamos de abandonar—. Está cerrada.

Poirot asintió. Al parecer seguía pensando.

—Y de todas formas —continué—, ¿eso qué importa? El caso está terminado. Yo hubiera querido que hubiese tenido usted más oportunidad de distinguirse, pero éste es uno de esos casos en los que incluso un pretencioso como ese estúpido inspector no puede equivocarse.

Poirot meneó la cabeza.

—Este caso no está terminado, amigo mío. Ni lo estará hasta que averigüemos quién ha robado las perlas.

—¡Pero si fue la doncella!

—¿Por qué lo dice?

—Pues... —tartamudeé—, pues porque las encontraron en su colchón.

—¡Ta, ta, ta! —replicó Poirot—. Ésas no eran las perlas.

—¿Qué?

—Sino una imitación, *mon ami.*

Su declaración me quitó el aliento. Poirot sonreía plácidamente.

—El buen inspector es evidente que no entiende nada de joyas. ¡Pero no tardaremos en tener jaleo!

—¡Vamos! —exclamé tirándole de un brazo.

—¿A dónde?

—Debemos decírselo en seguida a los Opalsen.

—Creo que no.

—Pero esa pobre mujer...

—*Eh bien;* esa pobre mujer, como usted la llama, dormirá mucho mejor creyendo que su collar está a salvo.

—¡Pero el ladrón puede escapar con las perlas auténticas!

—Como de costumbre, amigo mío, habla usted sin reflexionar. ¿Cómo sabe que las perlas que mistress Opalsen encerró tan cuidadosamente esta noche no eran las falsas y que el robo no tuvo lugar mucho antes?

—¡Oh! —dije asombrado.

—Exacto —exclamó Poirot radiante—. Empezaremos otra vez.

Y salió de la habitación, deteniéndose un momento co-mo si reflexionara, y luego echó a andar hasta el extremo del pasillo, donde había una pequeña estancia en la que se reunían las camareras y criados de los pisos respectivos. La camarera a quien ya conocíamos estaba rodeada de una serie de ellos, a quienes relataba las últimas experiencias vividas. Se interrumpió en mitad de una frase y Poirot inclinóse con su habitual cortesía.

—Perdone que la moleste, pero le quedaría muy agradecido si me abriera la puerta de la habitación de mister Opalsen.

La joven se puso en pie y nos acompañó de nuevo por el pasillo. La habitación de mister Opalsen se encontraba al otro extremo, y su puerta quedaba enfrente de la de su esposa. La camarera abrió con su llave maestra y entramos.

Cuando se disponía a retirarse, Poirot la detuvo preguntándole:

—Un momento: ¿ha visto usted alguna vez entre los efectos personales de mister Opalsen una tarjeta como ésta?

Y le alargó una tarjeta satinada de aspecto poco corriente. La camarera la estuvo contemplando cuidadosamente.

—No, señor. Pero de todas formas, los criados son los que atienden las habitaciones de los caballeros y podrían...

—Ya. Gracias.

Poirot recuperó la tarjeta y entonces la joven se marchó.

—Haga sonar el timbre, se lo ruego, Hastings. Tres veces, para que acuda el criado.

Obedecí devorado por la curiosidad. Entretanto, Poirot había vaciado el cesto de los papeles en el suelo y estaba revisando su contenido.

A los pocos minutos el criado acudió a la llamada. Poirot le hizo la misma pregunta, alargándole la tarjeta, mas la respuesta fue idéntica. El criado no había visto una tarjeta como aquélla entre las cosas de mister Opalsen. Poirot, dándole las gracias, le despidió y el hombre marchóse de mala gana, dirigiendo una mirada inquisitiva al cesto volcado. Es difícil que no oyera el comentario de Poirot.

—Y el collar estaba asegurado por una fuerte suma.

—Poirot —exclamé—. Comprendo.

—Usted no comprende nada, amigo mío —replicó— ¡Nada en absoluto, como de costumbre! Resulta increíble... pero así es. Regresemos a nuestras habitaciones.

Una vez allí, y ante mi enorme sorpresa, Poirot se cambió rápidamente de ropa.

—Esta noche me voy a Londres —explicó—. Es del todo necesario.

—¿Qué?

—Es absolutamente preciso. El verdadero trabajo (ah, las células grises) está hecho. Voy en busca de la confirmación. ¡Y la encontraré! ¡Es imposible engañar a Hércules Poirot!

—Se está usted poniendo muy pesado —observé bastante molesto por su vanidad.

—No se enfade, se lo ruego, *mon ami*. Cuento con usted para que me haga un favor... en nombre de su amistad.

—Desde luego —dije en seguida, avergonzado de mi mal humor—. ¿De qué se trata?

—De la manga de la americana que acabo de quitarme..., ¿querrá cepillarla? Está un poco manchada de polvo blanco. Sin duda me vio usted pasar el dedo por el cajón del tocador...

—No, no me fijé.

—Debiera observar mis actos, amigo mío. De este modo me ensucié el dedo de polvo, y como estaba un tanto excitado lo limpié en mi manga; una acción mecánica que deploro... pues va en contra de mis principios.

—Pero, ¿qué era ese polvo? —pregunté, ya que no me interesaban gran cosa los peculiares principios de Hércules Poirot.

—Desde luego no era el veneno de los Borgia —replicó Poirot guiñándome un ojo—. Ya veo volar su imaginación. Yo diría que era jaboncillo de sastre.

—¿Jaboncillo de sastre?

—Sí, los ebanistas lo utilizan para que los cajones se abran y cierren con suavidad.

Me eché a reír.

—¡Viejo bromista! Yo creí que había descubierto usted algo excitante.

—*Au revoir,* amigo mío. Me pondré a salvo. ¡Volaré!

La puerta se cerró tras él mientras yo, con una sonrisa entre burlona y afectuosa, cogía la americana y alargaba la mano en busca del cepillo de la ropa.

A la mañana siguiente, como no tuve la menor noticia de Poirot, salí a pasear. Encontré a unos antiguos amigos y comí con ellos en su hotel. Por la tarde realizamos una pequeña excursión en automóvil. Tuvimos un pinchazo y eran ya más de las ocho cuando yo regresaba al hotel Grand Metropolitan.

Lo primero que vieron mis ojos fue a Poirot, que parecía más diminuto que nunca sentado entre los Opalsen, y al parecer muy satisfecho.

—¡*Mon ami* Hastings! —exclamó poniéndose en pie para saludarme—. Abráceme, amigo mío; todo ha salido a las mil maravillas

—¿Quiere usted decir...? —comenté.

—¡Es una maravilla! —dijo mistress Opalsen sonriendo todo lo que le permitía su rollizo rostro—. Ed, ¿no te dije que si él no me devolvía las perlas no podría hacerlo nadie?

—Sí, querida, sí. Tenías razón.

Yo miré desorientado a Poirot, que respondió a mi mirada.

—Mi querido amigo Hastings está, como vulgarmente se dice, en el limbo. Siéntese y le contaré toda la trama del asunto, que ha terminado tan felizmente.

—¿Terminado? ¿Quiénes están detenidos?

—¡La camarera y el criado, *parbleu!* ¿Es que no lo sospechaba? ¿Ni siquiera después de mi indirecta acerca del jaboncillo de sastre?

—Usted dijo que lo utilizaban los ebanistas.

—Por supuesto que lo utilizan... para que los cajones se deslicen suavemente. Alguien quiso que el cajón se abriera sin producir ruido alguno. ¿Quién podría ser? Sólo la camarera. El plan era tan ingenioso que nadie supo verlo... ni siquiera el ojo experto de Hércules Poirot.

»Y así fue cómo se hizo. El criado estaba esperando en la habitación contigua. La doncella francesa abandona la estancia. Rápida como el rayo, la camarera abre el cajón, saca el joyero y descorriendo el pestillo de la puerta lo entrega al criado. Éste lo abre tranquilamente con el duplicado de la llave que se ha proporcionado, saca el collar y espera. Célestine vuelve a salir de la habitación y... ¡pst...!, el joyero vuelve a ocupar su lugar en el cajón.

»La señora vuelve y descubre el robo. La camarera pide que se la registre y se muestra muy indignada, sin un fallo en su representación. El collar falso que se han procurado ha sido escondido por la camarera en la cama de la joven francesa aquella mañana... ¡un golpe maestro, *ça!*

—Pero, ¿a qué fue a Londres?

—¿Recuerda la tarjeta?

—Yo creí...

Vacilé delicadamente mirando un momento a mister Opalsen.

Poirot rió de buena gana.

—*Une blague!* En beneficio del criado y de la camarera. La tarjeta estaba especialmente preparada para que su superficie recogiera las huellas digitales. Fui a Scotland Yard y pregunté por nuestro viejo amigo Japp, a quien expuse los hechos. Como había sospechado, sus huellas resultaron ser las de dos ladrones de joyas muy conocidos a quienes se buscaba desde hacía algún tiempo. Japp vino aquí conmigo y arrestó a los ladrones y se encontró el collar en poder del criado. Una pareja inteligente, pero les falló el *méthode*. ¿No le he dicho por lo menos treinta y seis veces, Hastings, que sin método...?

—¡Por lo menos treinta y seis mil! —le interrumpí—. Pero, ¿dónde falló su método?

—*Mon ami*, es un buen plan el colocarse como camarera o criado, pero no hay que descuidar el trabajo. Dejaron una habitación vacía sin limpiar el polvo; y por lo tanto, cuando el hombre puso el joyero sobre la mesita que había cerca de la puerta de comunicación... dejó una huella cuadrada...

—Lo recuerdo —exclamé.

—Antes estaba despistado... ¡Luego... lo supe!

Hubo un momento de silencio.

—Y yo he recuperado mis perlas —dijo mistress Opalsen.

—Bueno —dije yo—. Será mejor que me vaya a cenar.

Poirot me acompañó.

—Esto será un triunfo para usted —observé.

—*Pas du tout* —replicó Poirot tranquilamente—. Japp y el inspector local se repartirán los honores. Pero... —palpó su bolsillo—. Aquí tengo un cheque de mister Opalsen, y, ¿qué me dice, amigo mío? Este fin de semana no ha salido según nuestros planes. ¿Quiere que repitamos el próximo... a mis expensas?

EL RAPTO DEL PRIMER MINISTRO

Ahora que la guerra y sus problemas son cosas del pasado, creo poder aventurarme a revelar al mundo la labor que mi amigo Poirot desempeñó en un momento de crisis nacional. El secreto había sido bien guardado. Ni el menor rumor llegó a la prensa. Ahora que la necesidad de mantenerlo secreto ha desaparecido, creo que es de justicia que Inglaterra conozca la deuda que tiene con mi pequeño amigo, cuyo cerebro maravilloso tan hábilmente supo evitar lo que podía haber sido una gran catástrofe.

Una noche después de cenar..., no precisaré la fecha, basta con decir que era durante la época en que el grito de los enemigos de Inglaterra era: «Paz por negociaciones...», mi amigo y yo nos encontrábamos sentados en una de las habitaciones de su residencia. Después de haber quedado inválido en el Ejército, me dieron un empleo en la oficina de Reclutamiento y había adquirido la costumbre de ir por las noches a ver a Poirot para discutir con él los casos de interés que él tuviera entre manos.

Tenía intención de comentar la noticia del día... nada menos que el atentado contra David MacAdam, primer ministro de Inglaterra. Los periódicos habían sido censurados cuidadosamente. No se conocían detalles, salvo que el primer ministro había escapado de milagro y que la bala había rozado apenas su mejilla.

Yo consideraba que nuestra policía debía de haberse descuidado vergonzosamente para que semejante atentado se hubiese producido. Comprendía que los agentes alemanes en Inglaterra estaban dispuestos a arriesgar mucho. MacAdam, *El Luchador,* como le apodaba su propio partido, había combatido con todas sus fuerzas la influencia pacifista que se iba haciendo tan manifiesta.

Era más que primer ministro de Inglaterra..., él era Inglaterra; y el haberle inutilizado hubiera constituido un golpe terrible para la Gran Bretaña.

Poirot se hallaba muy atareado limpiando un traje gris con una esponja diminuta. Nunca ha existido un hombre tan pulcro como Hércules Poirot. Su pasión era el orden y la limpieza. Ahora, con el olor a bencina impregnando el aire, era incapaz de prestarme toda su atención.

—Dentro de un momento hablaremos, amigo mío. Estoy casi terminando. ¡Esa mancha de grasa... era muy fea... y había que quitarla... así! —blandió la esponja.

Sonriendo encendí un cigarrillo.

—Estoy ayudando a una... ¿cómo la llaman ustedes...?, ama de casa a buscar a su esposo. Un asunto difícil que requiere mucho tacto. Porque tengo la ligera impresión de que cuando le encontremos no va a hacerle mucha gracia. ¿Qué quiere usted? A mí me inspira simpatía. Ha sido muy listo al perderse.

Me reí.

—¡Al fin! ¡La mancha ha desaparecido! Estoy a su disposición.

—Le preguntaba qué opinaba usted del atentado contra MacAdam.

—*Enfantillage!* —replicó Poirot en el acto—. Uno apenas puede tomarlo en serio. El disparar con rifle... nunca da buen resultado. Es un arma del pasado.

—Pues esta vez estuvo a punto de darle —le recordé.

Poirot iba a replicarme cuando la patrona, asomando la cabeza por la puerta, le informó de que abajo había dos caballeros que deseaban verle.

—No han querido darme sus nombres, señor, pero dicen que es muy importante.

—Hágales subir —dijo Poirot, doblando cuidadosamente sus pantalones limpios.

A los pocos minutos los dos visitantes eran introducidos

en la habitación, y el corazón me dio un vuelco al reconocer en uno de ellos nada menos que a lord Estair, el lord mayor de la Cámara de los Comunes; en tanto que su compañero, Bernard Dodge, era miembro del Departamento de Guerra, y, como yo sabía, amigo íntimo del primer ministro.

—¿Monsieur Poirot? —dijo lord Estair interrogadoramente. Mi amigo se inclinó, y el gran hombre, dirigiéndome una mirada, pareció vacilar—. El asunto que me trae aquí es reservadamente particular.

—Puede usted hablar libremente en presencia del capitán Hastings —dijo mi amigo haciéndome seña de que me quedara—. ¡No posee todas las cualidades, no! Pero respondo de su discreción.

Lord Estair seguía dudando, mas mister Dodge intervino bruscamente:

—¡Vamos..., no perdamos más tiempo! Toda Inglaterra conocerá pronto el apuro en que nos encontramos. El tiempo lo es todo.

—Siéntese, por favor, monsieur —dijo Poirot amablemente—. En ese sillón, milord.

Lord Estair se sobresaltó ligeramente.

—¿Me conoce usted? —preguntó.

—Desde luego. —Poirot sonrió—. Leo los periódicos y a menudo aparece su fotografía. ¿Cómo no iba a conocerle?

—Monsieur Poirot, he venido a consultarle un asunto de la mayor urgencia. Debo pedirle que guarde la más absoluta reserva.

—¡Tiene usted la palabra de Hércules Poirot..., no puedo darle más! —dijo mi amigo.

—Se trata del primer ministro. Estamos en un grave apuro. ¡Pendientes de un hilo!

—Entonces, ¿el mal ha sido grave? —pregunté.

—¿Qué mal?

—La herida.

—¡Oh, eso! —exclamó mister Dodge en tono de menosprecio—. Eso es una vieja historia.

—Como dice mi colega —continuó lord Estair—, ese asunto está terminado y olvidado. Afortunadamente, fracasó. Ojalá pudiera decir lo mismo del segundo atentado.

—¿Ha habido, pues, un segundo atentado?

—Sí, aunque no de la misma naturaleza. El primer ministro ha desaparecido.

—¿Qué?

—¡Ha sido secuestrado!

—¡Imposible! —exclamé estupefacto.

Poirot me dirigió una mirada aplastante, invitándome a mantener la boca cerrada.

—Desgraciadamente, por imposible que pueda parecerle, es bien cierto —prosiguió Dodge.

Poirot miró a mister Dodge.

—Usted acaba de expresar que el tiempo lo era todo, monsieur, ¿qué quiso usted decir con ello?

Los dos hombres intercambiaron una mirada, y luego lord Estair dijo:

—¿Ha oído hablar, monsieur Poirot, de la próxima Conferencia de los Aliados?

Mi amigo asintió.

—Por razones evidentes, no se han dado detalles de dónde va a celebrarse. Pero aunque ha podido ocultarse a la prensa, desde luego la fecha se conoce en los círculos diplomáticos. La conferencia debe celebrarse mañana... jueves... por la noche, en Versalles. ¿Comprende usted ahora la terrible gravedad de la situación? No debo ocultarle que la presencia del primer ministro en esa conferencia es de vital importancia. La propaganda pacifista, comenzada y mantenida por los agentes alemanes, ha sido muy activa. La opinión general es que el punto culminante en la conferencia será la fuerte personalidad del primer ministro. Su ausencia podría ocasionar serias consecuencias..., posiblemente una paz prematura y desastrosa. Y no tenemos a nadie a quien enviar en su lugar. Sólo él puede representar a Inglaterra. El rostro de Poirot se había tornado grave.

—¿Entonces ustedes consideran el secuestro del primer ministro como un atentado para impedir que asista a la conferencia?

—Desde luego. En realidad estaba ya camino de Francia.

—¿Y la conferencia ha de celebrarse...?

—Mañana, a las nueve de la noche.

Poirot extrajo de su bolsillo un enorme reloj.

—Ahora son las nueve menos cuarto.

—Dentro de veinticuatro horas —dijo mister Dodge, pensativo.

—Y quince minutos —corrigió Poirot—. No olvide esos quince minutos, monsieur... pueden ser muy útiles. Ahora pasemos a los detalles... del secuestro... ¿Tuvo lugar en Inglaterra o en Francia?

—En Francia. Mister MacAdam cruzó la frontera francesa esta mañana. Esta noche debía ser huésped del comandante en jefe, y mañana continuar hasta París. Cruzó el Canal en un destructor. En Boulogne le esperaba un automóvil de la comandancia y otro del ayudante de Campo del comandante en jefe.

—*Eh bien?*

—Pues salieron de Boulogne..., pero no llegaron a su destino.

—¿Qué?

—Monsieur Poirot, era un automóvil falso y un falso ADE. El coche auténtico fue encontrado en una carretera de segundo orden con el chofer y el ayudante seriamente heridos.

—¿Y el automóvil falso?

—Aún no ha sido encontrado.

Poirot guardó silencio durante unos instantes e hizo un gesto de impaciencia.

—¡Increíble! Seguramente no podrá escapar por mucho tiempo.

—Eso pensamos. Parecía sólo cuestión de buscar a conciencia. Esa región de Francia está bajo la ley marcial, y estábamos convencidos de que el coche no podría pasar mucho tiempo inadvertido. La policía francesa y nuestros hombres de

Scotland Yard y los militares han pulsado todos los resortes. Es increíble, como usted dice..., pero aún no ha sido descubierto.

En aquel momento llamaron a la puerta, y un joven oficial entró y entregó a lord Estair un sobre sellado.

—Acaba de llegar de Francia, milord. Lo he traído directamente aquí, como usted ordenó.

El ministro lo abrió con ansiedad y musitó una exclamación. El oficial se retiró.

—¡Al fin tenemos noticias! Han encontrado el otro automóvil y también al secretario Daniels, anestesiado, amordazado y herido, en una granja abandonada cerca de C..., no recuerda nada, excepto que le aplicaron algo en la boca y nariz y que luchó, por liberarse... La policía considera verídica su declaración.

—¿Y no han encontrado nada más?

—No.

—¿Ni el cadáver del primer ministro? Entonces, hay una esperanza. Pero es extraño. Porque, después de tratar de asesinarle esta mañana, ¿van ahora a tomarse la molestia de conservarle vivo?

Dodge meneó la cabeza.

—Una cosa es segura. Están decididos a impedir a toda costa que asista a la conferencia.

—Si es humanamente posible, el primer ministro estará allí. Dios quiera que no sea demasiado tarde. Ahora, messieurs, cuéntenmelo todo..., desde el principio. Debo conocer también minuciosamente lo referente al primer atentado.

—Ayer noche, el primer ministro, acompañado de su secretario, el capitán Daniels...

—¿El mismo que le acompañó a Francia?

—Sí. Como iba diciendo, fueron a Windsor en automóvil, donde el primer ministro tenía una audiencia. Esta mañana regresó a la ciudad, y durante el trayecto tuvo lugar el atentado.

—Un momento, por favor. ¿Quién es el capitán Daniels?

Lord Estair sonrió.

—Pensé que me lo preguntaría. No sabemos gran cosa de él. Ha servido en el ejército británico; es un secretario muy capaz y un políglota excepcional. Creo que habla siete idiomas. Por esta razón el primer ministro le eligió para que le acompañase a Francia.

—¿Tiene parientes en Inglaterra?

—Dos tías. Una tal señora Everhard, que vive en Hampstead, y la señora Daniels, que vive cerca de Ascot.

—¿Ascot? Eso está cerca de Windsor, ¿no?

—Ese lugar ya ha sido registrado infructuosamente.

—¿Usted considera al capitán Daniels fuera de toda sospecha?

Un ligero matiz de amargura empañó la voz de lord Estair al replicar:

—No, monsieur Poirot. En estos días me guardaré bien de considerar a nadie por encima de toda sospecha.

—*Très bien*. Ahora, milord, doy por supuesto que el primer ministro se hallaba bajo la protección de la policía, para que todo intento de asalto resultara imposible.

Lord Estair inclinó la cabeza.

—Eso es. El automóvil del primer ministro iba seguido de cerca por otro en el que viajaban varios detectives vestidos de paisano. El señor MacAdam desconocía estas precauciones. Es un hombre que no teme a nada y se hubiera sentido impulsado a despedirlos sin contemplaciones. Pero, naturalmente, la policía hizo sus arreglos. La verdad es que el chofer del *premier,* O'Murphy, es un hombre de la C.I.D.[1]

—¿O'Murphy? Ese nombre es irlandés, ¿no?

—Sí, es irlandés.

—¿De qué parte de Irlanda?

—Creo que de Country Lane.

—*Tiens!* Pero continúe, milord.

—El *premier* salió para Londres en un automóvil cerrado. Le acompañaba el capitán Daniels. El otro coche le seguía como de costumbre, pero desgraciadamente, y por alguna razón desconocida, el automóvil del primer ministro se desvió de la carretera.

---

[1] Departamento de Investigación Criminal. *(N. del T.)*

—¿Es un punto donde la carretera forma una gran curva? —le interrumpió Poirot.

—Sí..., pero, ¿cómo lo sabe?

—¡Oh, *c'est evident!* ¡Continúe!

—Por alguna razón desconocida —prosiguió lord Estair—, el coche del primer ministro dejó la carretera principal, y el de la policía, sin percatarse de su desviación, continuó su camino. A poca distancia, en un lugar poco frecuentado, el automóvil del primer ministro fue detenido de pronto por una banda de enmascarados. El chofer...

—¡El valiente O'Murphy! —murmuró Poirot pensativo.

—El chofer, sorprendido, detuvo el coche. El primer ministro asomó la cabeza por la ventanilla e inmediatamente sonó un disparo y luego otro. El primero le rozó la mejilla. El segundo, afortunadamente, no le alcanzó. El chofer, comprendiendo el peligro, continuó la marcha al instante, dispersando a la banda a toda velocidad.

—Escapó de milagro —musité estremeciéndome.

—Mister MacAdam rehusó que se mencionara la ligera herida sufrida en la mejilla, declarando que sólo era un rasguño. Se detuvo en un hospital local donde le curaron y, desde luego..., sin revelar su identidad. Entonces continuaron hasta la estación de Charing Cross, donde le esperaba un tren especial para dirigirse a Dover, y tras referir brevemente lo ocurrido a la policía, el capitán Daniels partió con él para Francia. En Dover, subieron a bordo del destructor que les aguardaba. En Boulogne, como ya sabe usted, el automóvil falso le esperaba con la Union Jack[2] sin que le faltase el menor detalle.

—¿Es todo lo que puede decirme?

—Sí.

—¿No existen otras circunstancias que haya omitido, milord?

—Pues sí; hay algo bastante peculiar.

—Explíquese, por favor.

[2] Pabellón inglés. *(N. del T.)*

—El automóvil del primer ministro no regresó a la casa de éste después de dejarle en Charing Cross. La policía estaba deseosa de interrogar a O'Murphy, de modo que empezaron a buscarle inmediatamente. El coche fue encontrado ante cierto restaurante del Soho, que es conocido como lugar de reunión de los agentes alemanes.

—¿Y el chofer?

—No han podido hallarlo. También ha desaparecido.

—De modo —dijo Poirot pensativo—, que ha habido dos desapariciones; la del primer ministro de Francia, y la de O'Murphy en Londres.

Miró de hito en hito a lord Estair, que hizo un gesto de desaliento.

—Sólo puedo decirle, monsieur Poirot, que si ayer alguien me hubiera insinuado que O'Murphy era un traidor me hubiera reído en sus propias narices.

—¿Y hoy?

—Hoy no sé qué pensar.

Poirot asintió gravemente, volviendo a mirar su enorme reloj.

—Entiendo que se me da *carte blanche,* messieurs... en todos los sentidos. Tengo que poder ir donde quiera y como quiera.

—Perfectamente. Hay un tren especial que saldrá de Dover dentro de una hora, con un nuevo contingente de Scotland Yard. Irá usted acompañado de un oficial militar y un hombre de la CID que se pondrán por entero a su disposición. ¿Le parece bien?

—Muy bien. Una pregunta más antes de que se marchen, messieurs. ¿Qué les hizo acudir a mí? No soy conocido en Londres.

—Le buscamos por expresa recomendación y deseo de un gran hombre de su país.

—*Comment?* ¿Mi viejo amigo el *préfet...?*

Lord Estair meneó la cabeza.

—Uno que está por encima del *préfet.* ¡Uno cuya palabra fue una vez ley en Bélgica... y volverá a serlo! ¡Eso lo ha jurado Inglaterra!

Poirot alzó la mano con un saludo dramático.

—¡Así es! Ah, veo que no me ha olvidado... Messieurs, yo, Hércules Poirot, les serviré fielmente. Pido al cielo que estemos todavía a tiempo. Pero está oscuro... muy oscuro... No veo nada.

—Bueno, Poirot —exclamé con impaciencia cuando la puerta se hubo cerrado tras los dos ministros—, ¿qué opina usted?

Mi amigo estaba muy atareado preparando un maletín, con movimientos rápidos y precisos.

—No sé qué pensar. El cerebro me está fallando.

—¿Para qué raptarle, como usted ha dicho, cuando le bastaba con darle un buen golpe en la cabeza?

—Perdóneme, *mon ami,* pero no he dicho eso precisamente. A ellos quizá les convenga mucho secuestrarle.

—Pero ¿por qué?

—Porque la incertidumbre crea el pánico. Ésa es una de las razones. La muerte del primer ministro sería una calamidad terrible, pero habría que hacer frente a la situación. En cambio, ahora estamos paralizados. ¿Aparecerá o no el primer ministro? ¿Está vivo o muerto? Nadie lo sabe, y hasta que no se averigüe no podrá hacerse nada definitivo. Y, como le digo, la incertidumbre crea el pánico, que es lo que pretenden *les boches.*[3] Y si sus raptores le han escondido en algún sitio, tienen la ventaja de poder negociar con ambas partes. El Gobierno alemán no es muy liberal pagando, por lo general, pero sin duda estará dispuesto a desembolsar una buena cantidad en un caso como éste. Y en tercer lugar, no corren el riesgo de la soga del verdugo. O, decididamente, les interesa más secuestrarle.

—Entonces, si es así, ¿por qué primero intentaron matarle?

—¡Ah, eso es precisamente lo que no entiendo! ¡Es inexplicable..., estúpido! Tienen todo preparado (¡y muy bien, por cierto!) para el secuestro, y sin embargo, ponen en peligro el asunto con un ataque melodramático, digno de una película.

---

[3] Despectivamente, los alemanes. *(N. del T.)*

Casi resulta imposible creerlo... ¡una banda de hombres enmascarados a menos de treinta y dos kilómetros de Londres!

—Tal vez fuesen dos atentados completamente distintos —sugerí.

—¡Ah, no es posible tanta coincidencia! En ese caso... ¿quién es el traidor? Tiene que haberlo... en el primer atentado. Pero quién fue... ¿Daniels? ¿O'Murphy? Tuvo que ser uno de los dos, o si no, ¿por qué iba el automóvil a abandonar la carretera principal? ¡No vamos a suponer que el primer ministro preparase su propio asesinato! ¿O'Murphy tomó la desviación por iniciativa propia o fue Daniels quien le dio la orden?

—Seguramente sería cosa de O'Murphy.

—Sí, porque de haberlo hecho Daniels, el primer ministro lo hubiese oído, y hubiese preguntado la razón. Pero hay demasiados "porqués" en este asunto, y se contradicen unos a otros. Si O'Murphy es un hombre íntegro, *¿por qué volvió* a poner el coche en marcha cuando sólo habían sonado dos disparos, salvando la vida del primer ministro? Y también, si era honrado, *¿por qué,* inmediatamente después de abandonar Charing Cross se dirige a un centro de reunión de espías alemanes de todos conocido?

—Eso tiene mal aspecto —dije yo.

—Repasemos el caso con método. ¿Qué tenemos en pro y en contra de esos dos hombres? Consideremos primero a O'Murphy. En contra: que su conducta al abandonar la carretera principal fue sospechosa; que es irlandés oriundo de Country Lane; y que ha desaparecido de forma altamente sugestiva. A su favor: su rapidez en volver a poner en marcha el automóvil salvó la vida del primer ministro, que es un hombre de Scotland Yard y, evidentemente por el cargo alcanzado, un detective de toda confianza. Ahora pasemos a Daniels. No tenemos gran cosa contra él excepto el hecho de que nada se sabe de sus antecedentes, y que habla demasiados idiomas para ser un buen inglés. (Perdóneme, *mon ami,* pero ustedes son un desastre para los idiomas.) Ahora bien, *a su favor* tenemos el que haya sido encontrado amordazado, herido y anestesiado... con lo cual parece que nada tenía que ver con este asunto.

Poirot sacudió la cabeza.

—Pudo hacerlo para alejar las sospechas.

—La policía francesa no cometería una equivocación de esta clase. Además, una vez conseguido su objetivo, y estando a salvo el primer ministro, no tenía por qué quedarse atrás. Sus cómplices *pudieron* amordazarle, por supuesto, pero no veo qué iban a conseguir con ello. Ahora va a servirles de muy poco, pues hasta que se hayan aclarado las circunstancias relativas a la desaparición del primer ministro, le vigilarán muy estrechamente.

—Tal vez esperase poner a la policía sobre una pista falsa...

—¿Entonces por qué no lo hizo? Se limita a decir que le aplicaron algo en la boca y la nariz, y que no recuerda nada más. Ahí no hay ninguna pista falsa. Parece inverosímil.

—Bien —dije mirando el reloj—. Creo que será mejor que vayamos a la estación. Es posible que en Francia encuentre usted más pistas.

—Posiblemente, *mon ami,* pero lo dudo. Me parece increíble que el primer ministro no haya sido encontrado en esta zona tan limitada, donde debe ser dificilísimo esconderle. Si los militares y la policía de dos países no le han encontrado, ¿cómo voy a encontrarle yo?

En Charing Cross fuimos recibidos por mister Dodge.

—Éste es el detective Barnes, de Scotland Yard, y el mayor Norman. Están enteramente a su disposición. Es un mal asunto, pero no he perdido todas las esperanzas. Ahora debo marcharme —y dicho esto, el ministro se despidió de nosotros.

Charlamos de nimiedades con el mayor Norman. En el centro de un grupo de hombres que estaban en el andén reconocí a un individuo menudo, de rostro huraño, que hablaba con un hombre rubio y alto. Era un antiguo conocido de Poirot... el detective-inspector Japp, uno de los mejores oficiales de Scotland Yard. Se acercó a saludar a mi amigo alegremente.

—Me he enterado de que usted también interviene en este asunto. Hasta ahora no hemos podido dar con ellos, pero no creo que consigan tenerle escondido por mucho tiempo.

Nuestros hombres están pasando toda Francia por su tamiz. Y lo mismo hacen los franceses. Tengo la impresión de que sólo es cuestión de unas horas.

—Es decir... si todavía vive —observó el detective alto, en tono lúgubre.

El rostro de Japp se ensombreció.

—Sí..., pero no sé por qué tengo el presentimiento de que está vivo.

Poirot asintió.

—Sí, sí; está vivo. ¿Pero lo encontraremos a tiempo? Yo, al igual que usted, no puedo creer que continúe escondido por mucho tiempo. De eso estoy seguro.

Sonó el silbato de la locomotora, y todos subimos al coche Pullman. Y con una sacudida, el tren arrancó.

Fue un viaje curioso. Los hombres de Scotland Yard se reunieron ante un mapa del norte de Francia y fueron trazando ansiosamente las líneas de las carreteras y pueblecitos. Cada uno tenía su teoría. Poirot no demostró su habitual locuacidad y permaneció sentado mirando al vacío con una expresión que me recordaba la de un niño intrigado. Yo charlaba con Norman, a quien encontraba muy divertido. Al llegar a Dover, el comportamiento de Poirot me causó un inmenso regocijo. El hombrecillo, en cuanto embarcamos, se asió desesperadamente de mi brazo. El viento soplaba con gran fuerza.

—*Mon Dieu!* —murmuró—. ¡Esto es terrible!

—Valor, Poirot —exclamé—. Tendrá éxito. Usted le encontrará. Estoy seguro.

—Ah, *mon ami,* usted no comprende mi emoción. ¡Es este mar traidor lo que me preocupa! ¡El *mal de mer...* es un sufrimiento terrible!

—¡Oh! —dije bastante sorprendido.

Se oyó el ruido de las máquinas y Poirot cerró los ojos lanzando un gemido.

—El mayor Norman tiene un mapa del norte de Francia, ¿no le gustaría estudiarlo?

Poirot meneó la cabeza con impaciencia.

—¡No, no! Déjeme, amigo mío. Para pensar, el estómago y el cerebro deben estar en buena armonía. Laverguier tenía un método excelente para evitar el *mal de mer*. Respirar lentamente..., así, volviendo la cabeza de izquierda a derecha suavemente y contando hasta seis entre cada respiración.

Le dejé entregado a sus ejercicios respiratorios y subí a cubierta.

Cuando entrábamos lentamente en el puerto de Boulogne reapareció Poirot, pulcro y sonriente, anunciándome que el sistema de Laverguier había tenido un éxito "de maravilla".

El dedo índice de Japp seguía trazando rutas imaginarias sobre el mapa.

—¡Tonterías! El automóvil salió de Boulogne..., de aquí. Ahora bien, mi idea es que trasladaron al primer ministro a otro coche. ¿Comprenden ustedes?

—Bien —dijo el detective alto—. Yo registraré los puertos de mar. Apuesto diez contra uno a que lo han llevado a bordo de un barco.

Japp meneó la cabeza.

—Demasiado evidente. Se dio orden en seguida de que cerrasen todos los puertos.

Estaba amaneciendo cuando desembarcamos. El mayor Norman avisó a Poirot.

—Hay un coche militar esperándole, señor.

—Gracias, monsieur, pero, de momento, no tengo intención de salir de Boulogne.

—¿Qué?

—No, nos quedamos en este hotel, junto al muelle.

Los tres le seguimos, intrigados y sin comprender nada.

Una vez alojados, nos dirigió una larga mirada.

—No es así como debiera actuar un buen detective, ¿eh? Adivino lo que están pensando. Debiera estar lleno de energías y correr de un lado a otro... arrodillarse sobre la carretera polvorienta y examinar las huellas de los neumáticos con su lupa... y recoger una colilla... o una cerilla... Ésa es su idea, ¿no?

Sus ojos nos miraron retadores.

—Pero yo..., Hércules Poirot, les digo que sé perfectamente lo que hago. ¡Las pistas verdaderas están... aquí! —se golpeó la frente—. No necesitaba haber salido de Londres. Me hubiera bastado quedarme sentado tranquilamente en mi despacho. Lo importante son las celulillas grises. Secreta y silenciosamente realizan su tarea, hasta que de pronto yo pido un mapa, y apoyo mi dedo índice sobre un punto... así... y digo: ¡el primer ministro está ahí! Esta apresurada venida a Francia fue un error. Pero ahora, aunque puede que sea demasiado tarde, empezaré a trabajar como es debido, desde dentro. Silencio, amigos míos, se lo ruego.

Y por espacio de cinco largas horas, el hombrecillo permaneció sentado, parpadeando como un gato, mientras sus ojos verdes iban adquiriendo una tonalidad cada vez más intensa. Era evidente que el hombre de Scotland Yard le miraba con desprecio, que el mayor Norman estaba impaciente, y a mí me parecía que el tiempo transcurría con una lentitud insoportable.

Finalmente, me puse en pie y anduve, sin hacer ruido, hasta la ventana. Aquel asunto se estaba convirtiendo en una farsa. Y empecé a preocuparme por mi amigo. Si había de fracasar, hubiese preferido que fuera de una manera menos ridícula. Desde la ventana contemplé el barco correo, que lanzaba columnas de humo mientras se deslizaba junto al muelle.

De pronto me sobresaltó la voz inconfundible de mi amigo Poirot.

—*Mes amis!* ¡Empecemos ya!

Me volví. En mi amigo se había producido una gran transformación. Sus ojos brillaban con excitación y su pecho estaba hinchado al máximo.

—¡He sido un imbécil, amigos míos! Pero al fin he visto la luz del día.

El mayor Norman se apresuró a correr hacia la puerta.

—Pediré el coche.

—No hay necesidad. No voy a utilizarlo. Gracias a Dios que ha cesado el viento.

—¿Quiere decir que irá andando, señor?

—No, mi joven amigo. No soy San Pedro. Prefiero cruzar el mar en barco.

—¿Cruzar el mar?

—Sí. Para trabajar con método hay que comenzar por el principio. Y el principio de este asunto tuvo lugar en Inglaterra. Por lo tanto, regresemos a Inglaterra rápidamente.

A las tres estábamos de nuevo en el andén de la estación de Charing Cross. A todas nuestras protestas, Poirot contestaba una y otra vez que el empezar por el principio no era perder el tiempo, sino el único camino posible. Durante el viaje de regreso, había estado conversando con Norman en voz baja, y este último despachó un montón de telegramas desde Dover.

Debido a los pases especiales que llevaba Norman, llegamos a todas partes en un tiempo récord. En Londres nos esperaba un gran coche de la policía con algunos agentes vestidos de paisano, uno de los cuales entregó una hoja de papel escrita a máquina a mi amigo, que contestó a mi mirada interrogadora:

—Es una lista de los hospitales de los pueblecitos situados en cierto radio del oeste de Londres. La pedí desde Dover.

Atravesamos rápidamente las calles de Londres, seguimos la carretera de Bath y continuamos por Hammersmith, Chiswick y Brentford. Comencé a vislumbrar nuestro objetivo. Dejamos atrás Windsor y nos dirigimos hacia Ascot. El corazón me dio un vuelco. En Ascot vivía una tía de Daniels. Íbamos en su busca y no tras O'Murphy.

Nos detuvimos ante la verja de una villa muy bonita. Poirot se apeó, y fue a pulsar el timbre. Perplejo, observé que un ligero ceño fruncido ensombrecía su expresión radiante. Era evidente que no estaba satisfecho. Abrieron la puerta, penetró en la casa y a los pocos minutos reapareció, subió al coche e hizo al chofer una señal con la cabeza.

Nuestro viaje de regreso a Londres fue bastante accidentado. Nos desviamos varias veces de la carretera principal, y de vez en cuando nos deteníamos ante pequeños edificios, que fácilmente se adivinaba eran hospitales locales. Poirot sólo se detenía en ellos unos pocos minutos, pero a cada parada iba recuperando su radiante seguridad.

Susurró unas palabras a Norman, a las que éste replicó:

—Sí, si tuerce a la izquierda los encontrará esperando junto al puente.

Enfilamos una carretera secundaria y a la escasa luz del crepúsculo descubrí un automóvil que aguardaba junto a la cuneta, ocupado por dos hombres vestidos de paisano. Poirot se apeó para hablar con ellos, y luego tomamos dirección norte, seguidos muy de cerca por el otro automóvil.

Continuamos avanzando; por lo visto, nuestro objetivo era uno de los suburbios del norte de Londres. Al fin hicimos alto ante la puerta de una casa algo apartada de la carretera.

Norman y yo nos quedamos en el automóvil y Poirot, con uno de los detectives, fue hasta la casa y llamó. Le abrió la puerta una doncella, y el detective le dijo:

—Soy policía y tengo orden de registrar esta casa.

La muchacha lanzó un grito y una mujer alta y hermosa apareció tras ella en el recibidor.

—Cierra la puerta inmediatamente, Edith. Deben de ser ladrones.

Mas Poirot apresuróse a introducir el pie en el quicio de la puerta, al tiempo que lanzaba un silbido.

Norman y yo pasamos cinco minutos maldiciendo nuestra forzada inactividad. Al fin la puerta volvió a abrirse, y nuestros hombres salieron escoltando a tres personas..., una mujer y dos hombres. La mujer y uno de los hombres fueron llevados en seguida al otro automóvil.

—Amigo mío —dijo Poirot haciendo subir a nuestro coche al otro detenido—, cuide muy bien a este caballero. Le conoce ya, ¿no? *Eh bien,* permítame que le presente a monsieur O'Murphy.

¡O'Murphy! Le contemplé boquiabierto mientras el coche volvía a reemprender la marcha. No iba esposado, pero no imaginé que tratara de escapar, sería imposible.

Ante mi sorpresa, seguimos en dirección norte. ¡No regresábamos, pues, a Londres! De pronto, cuando el automóvil aminoró la marcha, vi que nos encontrábamos cerca del aeródromo de Hendon. E inmediatamente comprendí la idea de Poirot. Se proponía ir a Francia en avión.

Era buena idea. Pero, al parecer, impracticable. Un telegrama hubiera sido mucho más rápido. El tiempo es de vital importancia.

Al detenernos se apeó el mayor Norman y su puesto fue ocupado por un hombre vestido de paisano. Estuvo conversando con Poirot por espacio de unos minutos, y luego partió a toda prisa.

Yo también me apeé del automóvil y agarré a Poirot por un brazo.

—¡Le felicito! ¿Le han dicho dónde lo tienen escondido? Pero, escuche, debe telegrafiar a Francia en seguida. Si va usted personalmente será demasiado tarde.

Poirot me contempló con curiosidad durante unos instantes.

—Por desgracia, amigo mío, hay algunas cosas que no puede resolverlas un telegrama.

En aquel momento regresaba el mayor Norman acompañado de un joven oficial con el uniforme del cuerpo de aviación.

—Éste es el capitán Lyall, quien le llevará a Francia. Puede partir en seguida.

—Abríguese bien —dijo el joven piloto—. Puedo prestarle un abrigo si quiere.

Poirot estaba consultando un enorme reloj mientras murmuraba para sí:

—Sí, hay tiempo…, el tiempo preciso. —Luego, alzando los ojos, se inclinó cortésmente ante el oficial—. Gracias, monsieur. Pero no soy yo su pasajero, sino ese caballero que está ahí.

Al hablar se hizo a un lado y de la oscuridad salió una figura…: el detenido que había ido en el otro coche; y cuando contemplé su rostro lancé una exclamación de sorpresa.

—¡Es el primer ministro!

—Por amor de Dios, ¡cuéntemelo todo! —exclamé impaciente cuando Poirot, Norman y yo regresamos a Londres—. ¿Cómo diablos se las arreglaron para devolverle a Inglaterra?

—No hubo necesidad de ello —replicó Poirot secamente—. El primer ministro nunca abandonó Inglaterra. Le secuestraron cuando regresaba a Londres desde Windsor.

—¿*Qué*...?

—Lo explicaré. El primer ministro se hallaba en su automóvil, y junto a él, su secretario. De pronto le acercaron al rostro un trozo de algodón empapado en cloroformo.

—Pero, ¿quién?

—El inteligente políglota capitán Daniels. Tan pronto como el primer ministro quedó inconsciente, Daniels pulsó el intercomunicador, ordenó a O'Murphy que torciese a la derecha, cosa que éste hizo sin sospechar nada. Unos metros más allá aguardaba un coche que al parecer había sufrido una avería. El conductor hace señas a O'Murphy para que se detenga. O'Murphy aminora la marcha y el desconocido se aproxima. Daniels se asoma por la ventana y probablemente con la ayuda de un anestésico fulminante, tal como cloruro de etilo, repiten el truco del cloroformo. A los pocos segundos, los dos hombres indefensos son trasladados a otro automóvil, y un par de sustitutos ocupan su puesto.

—¡Imposible!

—*Pas du tout!* ¿No ha visto usted las imitaciones de celebridades que se realizan en los *music-hall* con maravillosa fidelidad? Nada más fácil que representar a un personaje público. El primer ministro de Inglaterra es más fácil de imitar que un John Smith cualquiera. Y en cuanto al "doble" de O'Murphy, nadie iba a reparar mucho en él hasta después de la partida del primer ministro, y hasta entonces ya habría procurado no dejarse ver. Y directamente desde Charing Cross se dirige al lugar de reunión con sus amigos. Penetra en él como O'Murphy, pero sale completamente distinto. O'Murphy ha desaparecido, dejando tras de sí una estela de sospechas muy conveniente.

—¡Pero el hombre que representaba al primer ministro fue visto por todo el mundo!

—No fue visto por nadie que le conociera íntimamente. Y Daniels procuró que tuviera el menor contacto posible con todo el mundo. Además, llevaba el rostro vendado, y cualquier anomalía en sus ademanes se hubiera atribuido a la conmoción producida por el reciente atentado contra su vida. Mister MacAdam tiene la garganta muy sensible y antes de pronunciar un discurso procuraba hablar lo menos posible. Allí hubiera sido prácticamente imposible..., de modo que el primer ministro desaparece. La policía de este país se apresura a cruzar el Canal y nadie se preocupa por conocer los detalles del primer atentado. Y para mantener la ilusión de que el secuestro ha tenido lugar en Francia, Daniels es amordazado y anestesiado de manera convincente.

—¿Y el hombre que ha representado el papel de primer ministro?

—Se deshace de su disfraz. Él y el falso chofer pueden ser detenidos como sospechosos, pero nadie puede imaginar siquiera el verdadero papel que han representado en el drama, y habrán de liberarlos por falta de pruebas.

—¿Y el verdadero primer ministro?

—Él y O'Murphy fueron conducidos directamente a la casa de "mistress Everard", en Hampstead, la supuesta tía de Daniels. En realidad, es *frau* Bertha Ebenthal, a la que la policía andaba buscando desde hacía tiempo. Es un valioso regalo que tengo que hacerles... por no mencionar a Daniels. ¡Ah, fue un plan muy inteligente, pero no contaron con la clarividencia de Hércules Poirot!

Creo que mi amigo podía haberse ahorrado aquella expansión de vanidad.

—¿Cuándo empezó a sospechar la verdad sobre la cuestión?

—Cuando empecé a trabajar como es debido... desde *dentro*. ¡No podía comprender qué relación tenía el primer atentado..., pero cuando vi que el resultado de ello fue que *el primer ministro tuvo que ir a Francia con el rostro vendado*... empecé a comprender! Y cuando visité todos los hospitales situados entre Windsor y Londres y descubrí que nadie que respondiera a mi descripción había sido curado y vendado en ellos, no tuve la menor duda. ¡Al fin y al cabo fue un juego de niños para una inteligencia como la mía!

A la mañana siguiente Poirot me mostró un telegrama que acababa de recibir. No llevaba referencias de origen ni firma alguna. Decía así:

"A tiempo."

A última hora de la tarde los periódicos publicaron un resumen de la Conferencia de los Aliados, haciendo resaltar la importancia de la magnífica ovación dedicada a mister David MacAdam, cuyo inspirado discurso había producido una profunda impresión.

LA DESAPARICIÓN DE MISTER DAVENHEIM

Poirot y yo esperábamos a nuestro antiguo amigo, el inspector Japp, de Scotland Yard. Nos encontrábamos sentados alrededor de la mesa de té aguardando su llegada.

Poirot había terminado de colocar debidamente las tazas y platitos que nuestra patrona tenía la costumbre de arrojar más que colocar sobre la mesa. También había frotado la tetera de metal con un pañuelo de seda. El agua estaba hirviendo y un pequeño recipiente esmaltado contenía chocolate espeso y dulce, más del gusto del paladar de Poirot que lo que él llamaba nuestro "veneno inglés".

Se oyó llamar abajo con energía, y a los pocos minutos entró Japp.

—Espero no llegar tarde —dijo al saludarnos—. A decir verdad, estaba cambiando impresiones con Miller, el encargado del caso Davenheim.

Yo agucé el oído. Durante los tres últimos días los periódicos habían hablado de la extraña desaparición de mister Davenheim, el socio más antiguo de Davenheim & Salmon, los conocidos banqueros. El sábado anterior había salido de su casa y desde entonces nadie volvió a verle. Me incliné hacia delante para ver si conseguía averiguar algún detalle interesante por medio de Japp.

—Yo hubiera dicho que hoy en día es casi imposible que alguien "desaparezca" —observé.

Poirot movió un plato de tostadas con mantequilla algo así como un octavo de centímetro y dijo:

—Sea exacto, amigo mío. ¿Qué entiende usted por "desaparecer"? ¿A qué clase de desaparición se refiere?

—¿Es que las desapariciones están clasificadas y etiquetadas? —bromeé.

Japp también sonrió un instante, pero Poirot frunció el ceño.

—¡Pues claro que sí! Se dividen en tres categorías: primera, y la más corriente, la desaparición voluntaria. Segunda, el caso de la "pérdida de memoria", del que tanto se ha abusado..., raro, pero algunas veces auténtico. Y tercera, el crimen y el hacer desaparecer el cadáver con más o menos éxito. ¿Cree que las tres son imposibles de realizar?

—Yo diría que acaso lo son. Es posible perder la memoria, pero alguien le reconocería..., especialmente en el caso de un hombre tan conocido como Davenheim. Luego, "los cadáveres" no se desvanecen en el aire y más pronto o más tarde aparecen, escondidos en lugares apartados o metidos en un baúl. El crimen se descubre del mismo modo que el empleado que se fuga con el dinero de la caja o el delincuente doméstico, hoy en día pueden ser alcanzados por la radio y el teléfono..., aunque se encuentren en un país extranjero; los puertos y estaciones están vigilados, y en cuanto a esconderse en este país, sus características y filiación serían conocidas por todo lector de periódicos. Tiene que habérselas contra la civilización.

—*Mon ami* —dijo Poirot—, comete usted un error. Usted no tiene en cuenta que el hombre que se haya decidido a deshacerse de otro... o de sí mismo en el sentido figurado... puede ser esa rara excepción: el hombre de método, y gran inteligencia, talento, y un cálculo preciso de todos los detalles necesarios. No veo por qué no podría burlar con éxito a la policía.

—Pero no a *usted,* supongo... —dijo Japp de buen talante, guiñándome un ojo—. No podrían engañarle a *usted,* ¿eh, monsieur Poirot?

Poirot procuró parecer modesto, sin conseguirlo.

—¡A mí también! ¿Por qué no? Es cierto que yo resuelvo esos problemas con una ciencia exacta... con precisión matemática, lo cual es muy raro en la nueva generación de detectives.

Japp le miró sonriendo.

—No lo sé —dijo—. Miller, el encargado de este caso, es un individuo muy listo. Puede usted estar seguro de que no pasará por alto ni una huella, ni una colilla, o incluso una miga de pan. Tiene ojos que lo ven todo.

—Lo mismo que los gorriones de Londres, *mon ami* —repuso Poirot—. Pero de todas formas no les pediría a los pobres pajarillos que resolviesen el problema de mister Davenheim...

—Vamos, monsieur, no irá usted ahora a despreciar el valor de los detalles como pistas.

—De ninguna manera. Esas cosas son buenas hasta cierto punto. El peligro está en que puede dárseles una importancia indebida. La mayoría de los detalles son insignificantes; sólo uno o dos son vitales. Es en el cerebro, en las pequeñas células grises —se golpeó la frente—, en lo que uno debe confiar. Los sentidos se equivocan. Hay que buscar la verdad dentro... no fuera.

—No me irá usted a decir, monsieur Poirot, que usted se comprometería a resolver un caso sin moverse de su sillón, ¿verdad?

—Eso es exactamente lo que quiero decir... con tal de que me fueran expuestos los hechos. Yo me considero un especialista en consultas.

Japp se golpeó la rodilla.

—Que me ahorquen si no le cojo la palabra. Le apuesto cinco libras a que no puede echar mano, mejor dicho, decirme dónde puedo echársela yo, a mister Davenheim, vivo o muerto, antes de que finalice la semana.

Poirot reflexionó unos instantes.

—*Eh bien, mon ami*. Acepto. *Le sport* es la pasión de ustedes los ingleses. Ahora... los hechos.

—El sábado pasado, según su costumbre, mister Davenheim tomó el tren de las doce cuarenta desde la estación Victoria hacia Chingside, donde se halla su residencia palaciega Los Cedros. Después de comer estuvo paseando por los alrededores de la propiedad, dando instrucciones a los jardineros. Todo el mundo está de acuerdo en que su estado de ánimo era completamente normal, como de costumbre. Después del té, asomó la cabeza por la puerta de la habitación de su esposa, diciendo que iba a llegarse al pueblo para echar una carta al correo. Agregó que esperaba a un tal Lowen para tratar de negocios y que si llegaba antes que él hubiera regresado, debían pasarle a su despacho y rogarle que aguardara. Entonces mister Davenheim salió de la casa por la puerta principal, caminó lentamente por la avenida, atravesó la verja y... no volvieron a verle. A partir de aquel momento desapareció por completo.

—Un problema bonito... encantador... precioso —murmuró Poirot—. Continúe, amigo mío.

—Algo así como un cuarto de hora más tarde pulsaba el timbre de Los Cedros un hombre alto, moreno y de poblado bigote negro, que explicó tenía una cita con mister Davenheim. Dio el nombre de Lowen y según las instrucciones del banquero fue introducido en el despacho. Transcurrió una hora y mister Davenheim no regresaba. Al fin, mister Lowen hizo sonar el timbre y explicó que no le era posible esperar más, ya que debía alcanzar el tren de regreso a la ciudad. Mistress Davenheim se disculpó por el retraso de su esposo, incomprensible, puesto que sabía que esperaba aquella visita. Mister Lowen volvió a decir que lo lamentaba, y se marchó.

»Bien, como todo el mundo sabe, mister Davenheim *no* regresó. A primera hora de la mañana del domingo se avisó a la policía, que no ha conseguido poner nada en claro. Mister Davenheim parece haberse desvanecido en el aire. No llegó a la oficina de correos, ni se le vio pasar por el pueblo. En la estación aseguran que no tomó ningún tren, y su automóvil no ha salido del garaje. Si hubiera alquilado algún coche para encontrarse con alguien en algún lugar solitario, parece casi seguro que a estas horas, en vista de la enorme recompensa ofrecida por cualquier información, el chofer se hubiera presentado a decir lo que supiera. Cierto que se celebraban unas carreras en Entfield, a ocho kilómetros de distancia, y que si hubiera ido andando a aquella estación hubiese pasado inadvertido entre la multitud. Pero desde entonces su fotografía y descripción han estado apareciendo en todos los periódicos, y nadie ha podido dar noticias suyas. Claro que hemos recibido muchas cartas de todas partes de Inglaterra, pero hasta ahora todas las pistas han resultado falsas.

»El lunes por la mañana tuvo lugar un descubrimiento sensacional. Detrás de un cuadro del despacho de mister Davenheim hay una caja fuerte que ha sido abierta y desvalijada. Las ventanas estaban cerradas por centro, lo cual parece descartar la posibilidad de que se trate de un ladrón ordinario, a menos, desde luego, que un cómplice que habitase en la casa volviera a cerrarlas después. Por otro lado, como todos los de la casa estaban sumidos en un caos, es probable que el robo se cometiera el sábado y no se descubriera hasta el lunes.

—*Précisement!* —replicó Poirot secamente—. Bien, ¿han arrestado a *ce pauvre monsieur* Lowen?

—Todavía no, pero está sometido a una estrecha vigilancia.

—¿Qué se llevaron de la caja fuerte? —quiso saber Poirot—. ¿Tiene usted alguna idea?

—Lo hemos averiguado por medio del otro socio de la firma y mistress Davenheim. Al parecer había en ella una cantidad considerable de acciones y una fuerte suma en billetes, debido a una importante transacción que acababa de efectuarse, así como también una pequeña fortuna en joyas. Todas las de mistress Davenheim se guardaban en la caja. Durante los últimos años la compra de joyas ha sido la pasión de su esposo, y no pasaba mes que no le regalase alguna piedra rara y costosa.

—En conjunto, un buen bocado —dijo Poirot pensativo—. ¿Y qué me dice de Lowen? —agregó—. ¿Se sabe qué negocios tenía que tratar con Davenheim aquella noche?

—Pues, al parecer, los dos hombres no estaban en muy buenas relaciones. Lowen es un especulador en pequeña escala. Sin embargo, pudo vencerle un par de veces en el mercado, aunque parece ser que casi no se habían visto nunca. Fue un asunto concerniente a unas acciones sudamericanas lo que indujo al banquero a citarle.

—Entonces, ¿Davenheim tenía intereses en Sudamérica?

—Creo que sí. Mistress Davenheim mencionó casualmente que había pasado el último otoño en Buenos Aires.

—¿Algún contratiempo en su vida doméstica? ¿Se llevaba bien con su esposa?

—Yo diría que su vida familiar era completamente normal. Mistress Davenheim es una mujer agradable y poco inteligente. Creo que un cero a la izquierda.

—Entonces tendremos que buscar ahí la solución de este misterio. ¿Tenía enemigos?

—Tenía muchos rivales financieramente, y no dudo que hay muchas personas a quienes ha favorecido y que sin embargo no le desean el menor bien. Pero no hay ninguna capaz de deshacerse de él... y si lo hubieran hecho, ¿dónde está el cadáver?

—Exacto. Como Hastings dice, los cadáveres tienen la costumbre de salir a la luz con fatal persistencia.

—A propósito, uno de los jardineros dice que vio a una persona que daba vuelta a la casa en dirección a la rosaleda. El gran ventanal del despacho da a la rosaleda... y mister Davenheim entraba y salía de la casa por allí con mucha frecuencia. Pero el hombre estaba muy lejos, trabajando en unos planteles de lechugas y ni siquiera sabe si era su amo o no. Tampoco puede precisar la hora con exactitud. Debió de ser antes de las seis, puesto que los jardineros dejan de trabajar a esa hora.

—¿Y mister Davenheim salió de la casa...?

—A eso de las cinco y media, poco más o menos.

—¿Qué hay detrás de la rosaleda?

—Un lago.

—¿Con casita para guardar embarcaciones?

—Sí, en ella se guardan un par de piraguas. Supongo que está usted pensando en la posibilidad de suicidio, monsieur Poirot. Bien, no me importa decirle que Miller irá allí mañana expresamente para que draguen el lago. ¡Esa clase de hombre es Miller!

Poirot volvióse hacia mí sonriendo.

—Hastings, le ruego que me alcance ese ejemplar del *Daily Megaphone*. Si no recuerdo mal, publica un retrato extraordinariamente bien grabado del desaparecido.

Me levanté para entregarle el periódico pedido. Poirot estudió el retrato con suma atención durante un buen rato.

—¡Hum! —murmuró—. Lleva el cabello bastante largo y ondulado, gran bigote y barba puntiaguda, y sus cejas son muy pobladas. ¿Tiene los ojos oscuros?

—Sí.

—¿Y sus cabellos empiezan a encanecer, así como su barba? El detective asintió.

—Bien, monsieur Poirot, ¿qué tiene que decir a todo esto? Está claro como la luz del día ¿no?

—Al contrario, muy oscuro.

El hombre de Scotland Yard pareció satisfecho.

—Lo cual da grandes esperanzas de poder resolverlo —concluyó Poirot plácidamente.

—¿Eh?

—Es un buen presagio el que un caso se presente oscuro. Cuando una cosa está clara como el día... *eh bien,* ¡desconfíe! ¡Alguien ha procurado que lo parezca!

Japp meneó la cabeza casi con pesar.

—Bueno, allá cada uno con su fantasía. Pero no es mala cosa ver claro el camino.

—Yo no miro —murmuró Poirot—. Cierro los ojos... y pienso.

Japp suspiró.

—Bien, tiene una semana para pensar.

—¿Y me comunicará usted cualquier nuevo acontecimiento... por ejemplo... el resultado de los trabajos del inspector Miller, el de los ojos de lince?

—Desde luego. Entra en la apuesta.

—Es una vergüenza, ¿no le parece? —me decía Japp cuando le acompañé a la puerta—. ¡Como robar a un niño!

No pude por menos que asentir y una sonrisa seguía bailando en mis labios cuando volví a entrar en la habitación.

—*Eh bien!* —dijo Poirot en el acto—. Se está usted burlando de papá Poirot, ¿no es cierto? —Me amenazó con el dedo—. ¿No confía en sus células grises? ¡Ah, no nos confundamos!

Discutamos este pequeño problema... todavía incompleto, lo admito, pero que ya muestra uno o dos puntos interesantes.

—¡El lago! —dije yo.

—¡E incluso más que el lago, la caseta de las embarcaciones!

Le miré de reojo, viendo que sonreía del modo más enigmático y comprendí que, de momento, sería completamente inútil interrogarle.

No supimos nada más de Japp hasta la tarde siguiente. Vino a vernos a eso de las nueve. En el acto me di cuenta por su expresión de que traía noticias.

—*Eh bien,* amigo mío —observó Poirot—. ¿Todo va bien? Pero no me diga que ha descubierto el cadáver de mister Davenheim en su lago porque no le creeré.

—No hemos encontrado su cadáver, pero sí sus *ropas...,* las mismas que vestía aquel día. ¿Qué dice usted a eso?

—¿Falta algún otro traje de la casa?

—No, su criado se ha mostrado firme en este punto, el resto del guardarropa está intacto. Hay más. Hemos detenido a Lowen. Una de las doncellas, la encargada de cerrar las ventanas del dormitorio, declara que vio a Lowen que se dirigía al despacho por la rosaleda a las seis y cuarto. Eso sería unos diez minutos antes de que abandonara la casa.

—¿Qué dice él a esto?

—Primero negó que hubiera salido del despacho, mas la doncella se mantuvo firme, y luego simuló haber olvidado que había salido por el ventanal para examinar una rosa poco corriente. ¡Una historia bastante endeble!, y vamos encontrando nuevas pruebas contra él. Mister Davenheim siempre llevaba un pesado anillo de oro con un solitario en el dedo meñique de su mano derecha. Pues bien, su anillo fue empeñado en Londres el sábado por la noche por un hombre llamado Billy Kellet... Ya le conocía la policía..., el pasado otoño estuvo tres meses en la cárcel por robar el reloj a un anciano. Al parecer trató de empeñar el anillo nada menos que en cinco sitios distintos; al fin lo consiguió, cogió una buena borrachera con lo que le dieron por él, asaltó a un policía y lo detuvieron. Fui a

Bow Street con Miller y le he visto. Ahora está bastante sereno, y no me importa confesar que le hemos asustado bastante insinuándole que puede ser culpado de asesinato. Ésta es su declaración... bastante curiosa por cierto:

"El sábado estuvo en las carreras de Entfield, aunque me atrevo a decir que lo que le interesaban eran los alfileres de corbata y no las apuestas. De todas maneras, tuvo un mal día y mala suerte. Iba caminando por la carretera de Chingside y se sentó en una zanja para descansar antes de entrar en el pueblo. Pocos minutos más tarde observó que se aproximaba un hombre por la carretera 'moreno, de grandes bigotes, uno de esos ricachones de ciudad'. Así lo describe.

»Kellet estaba semioculto por un montón de piedras. Poco antes de llegar adonde él estaba, el hombre miró rápidamente a un lado y otro y sacó un pequeño objeto del bolsillo, arrojándolo por encima del seto. Luego echó a andar camino de la estación. Ahora bien, el objeto arrojado por encima del seto produjo un sonido metálico que despertó la curiosidad del hombre sentado en la zanja. Fue a ver lo que era, y tras una breve búsqueda descubrió el anillo. Ésta es la historia de Kellet. Hay que decir que Lowen lo niega rotundamente y que la palabra de un hombre como Kellet no inspira la menor confianza. Cabe dentro de lo posible que encontrase a Davenheim por aquellos parajes, le robara y lo asesinara.

Poirot meneó la cabeza.

—Muy poco probable, *mon ami*. No tenía medio de deshacerse del cadáver, y a estas alturas ya habría sido descubierto. En segundo lugar, el modo como fue a empeñar el anillo de muestra que no cometió un crimen para apoderarse de él. En tercer lugar, un ladrón rara vez comete un asesinato. En cuarto lugar, puesto que ha estado en la cárcel desde el sábado, sería mucha coincidencia que pudiera dar una descripción tan exacta de Lowen sin haberle visto.

Japp asintió.

—No digo que no tenga razón. Pero de todas formas no conseguirá que un jurado tome en cuenta la declaración de un sujeto semejante. Lo que parece extraño es que Lowen no encontrase un medio más inteligente para librarse del anillo.

Poirot se encogió de hombros.

—Bien, después de todo, si fue encontrado en los alrededores podría ser que lo hubiese arrojado el propio Davenheim.

—Pero ¿por qué quitárselo? —exclamé.

—Pudiera existir una razón para hacerlo —dijo Japp—. ¿Sabe usted que detrás del lago hay una puertecita que da a la colina, y en menos de tres minutos se llega a... qué diría usted... *a un horno de cal?*

—¡Cielo santo! —exclamé—. ¿Quiere usted decir que aunque la cal pudiera destruir el cadáver no causaría efecto alguno sobre el anillo de oro?

—Exacto.

—Me parece que eso lo explica todo —le dije—. ¡Qué horrible crimen!

De común acuerdo, los dos volvimos a mirar a Poirot. Parecía perdido en sus pensamientos, y tenía el ceño fruncido como en un supremo esfuerzo mental. Comprendí que al fin su agudo intelecto se había puesto en movimiento. ¿Cuáles serían sus primeras palabras? No tardamos mucho en salir de dudas. Con un suspiro, Poirot relajó sus músculos, y volviéndose a Japp preguntó:

—¿Tiene usted idea, amigo mío, de si mister y mistress Davenheim ocupaban el mismo dormitorio?

La pregunta parecía tan ridícula e inadecuada que por un momento los dos nos miramos en silencio. Al fin, Japp lanzó una carcajada.

—Dios Santo, monsieur Poirot. Pensé que iba a decir algo sorprendente. En cuanto a su pregunta... No lo sé.

—¿Podría averiguarlo? —preguntó Poirot con extraña insistencia.

—Oh, desde luego..., si es que de verdad desea saberlo.

—*Merci, mon ami*. Le quedaré muy agradecido si lo hace.

Japp le contempló fijamente durante algunos minutos, Poirot parecía habernos olvidado. El detective, meneando la cabeza con pesar al tiempo que decía: "¡Pobre viejo! ¡La guerra ha sido demasiado para él!", salió de la estancia.

Como Poirot parecía seguir soñando despierto, tomé una hoja de papel y me entretuve en hacer algunos apuntes. La voz de mi amigo me sobresaltó. Había despertado de su sueño y me miraba con gran atención, espabilado y alerta.

—*Que faites vous là, mon ami?*

—Estaba anotando los datos que me parecen de más importancia en este asunto.

—¡Se vuelve usted metódico... al fin! —dijo Poirot en tono aprobador.

Yo disimulé mi contento.

—¿Quiere que se los lea?

—*Mais oui,* será un placer escucharle.

Aclaré la garganta.

—Primero: todas las pruebas señalan a Lowen como el hombre que forzó la caja fuerte.

"Segundo: tenía ojeriza a Davenheim.

"Tercero: mintió en su primera declaración al decir que no había salido del despacho.

"Cuarto: si aceptamos la declaración de Billy Kellet como cierta, Lowen queda implicado.

Hice una pausa.

—¿Y bien? —pregunté al fin, pues me parecía que había puesto el dedo en todos los factores vitales.

Poirot me contempló compasivamente, meneando la cabeza.

—*Mon pauvre ami!* ¡Bien se ve que no está usted dotado! Nunca sabrá apreciar el detalle importante. Y su razonamiento es falso.

—¿Cómo?

—Déjeme considerar sus cuatro puntos. Primero: mister Lowen no podría saber con seguridad si tendría ocasión de abrir la caja. Se trataba de celebrar una entrevista de negocios. No pudo saber de antemano que mister Davenheim iría a echar una carta y que por consiguiente le dejaría solo en el despacho.

—Pudo haber aprovechado la oportunidad —insinué.

—¿Y las herramientas? ¡Los ciudadanos no llevan encima herramientas para forzar cerraduras por si se presenta la ocasión! Y no es posible abrir esa caja fuerte con un cortaplumas, *bien entendu!*

—Bueno, ¿qué me dice del número dos?

—Usted quiere decir que una o dos veces le venció. Y es de presumir que esas transacciones fueran hechas con el propósito de beneficiarse. En todo caso, por lo general no se odia al hombre que se ha vencido... sino lo más probable es que ocurra todo lo contrario. Cualquier rencor que pudiera haber entre ellos sería por parte de mister Davenheim.

—Bien, no puede usted negar que Lowen mintió al decir que no había salido del despacho.

—No. Pero puede que se asustara. Recuerde que las ropas del desaparecido han sido encontradas en el lago. Desde luego que hubiera hecho mejor diciendo la verdad en todo.

—¿Y el cuarto punto?

—Se lo concedo. Si la historia de Kellet es cierta, Lowen queda implicado sin duda alguna. Por eso este asunto resulta tan interesante.

—¿Entonces, aprecia un factor vital?

—Tal vez... pero usted ha pasado enteramente por alto los dos puntos más importantes, los que sin duda alguna encierran la solución de todo este enrevesado asunto.

—Pues dígame cuáles son...

—Uno, la pasión que se despertó en mister Davenheim durante los últimos años por la compra de joyas. El otro, su viaje a Buenos Aires el otoño pasado.

—¡Poirot, usted bromea!

—Hablo muy en serio. Ah, espero que Japp no olvide mi pequeño encargo.

Pero el detective, aun tomándolo a broma, lo había recordado tan bien, que a las once de la mañana del día siguiente

Poirot recibía un telegrama, que a petición suya leí en voz alta:

"Mr. y Mrs. Davenheim han ocupado habitaciones separadas desde el invierno pasado."

—¡Ajá! —exclamó Poirot—. Y ahora estamos a mediados de junio. ¡Todo solucionado!

Le miré.

—¿No tendrá usted dinero en el banco Davenheim & Salmon, *mon ami*?

—No —repuse intrigado—. ¿Por qué?

—Porque le aconsejaría que lo retirase... antes de que sea demasiado tarde.

—¿Por qué? ¿Qué es lo que espera?

—Espero una gran quiebra para dentro de unos días... o tal vez antes. Lo cual me recuerda que debemos corresponder a la atención de Japp. Déme un lápiz, por favor, y un impreso. *Voilà!* "Le aconsejo retire cualquier dinero depositado en la firma en cuestión." ¡Esto le intrigará al bueno de Japp! ¡No lo comprenderá en absoluto... hasta mañana o pasado!

Yo me mantuve escéptico, pero al día siguiente me vi obligado a rendir tributo a su innegable poder. En todos los periódicos aparecía en grandes titulares la quiebra sensacional del Banco Davenheim. La desaparición del famoso financiero adquirió un aspecto totalmente distinto con la nueva revelación de los asuntos económicos del banco.

Antes de que terminásemos de desayunar, se abrió la puerta y Japp entró corriendo. En la mano derecha llevaba un papel, y en la izquierda el telegrama de Poirot, que dejó sobre la mesa, ante mi amigo.

—¿Cómo lo supo, monsieur Poirot? ¿Cómo diablos pudo saberlo?

—¡Ah, *mon ami,* después de su telegrama estuve seguro! Desde el principio me pareció que el robo de la caja fuerte tenía gran importancia. Joyas, dinero en efectivo, acciones al portador... todo muy convenientemente dispuesto para... ¿quién? Bien, monsieur Davenheim era uno de esos "que se preocupan ante todo por su propio beneficio". ¡Y luego su pasión por adquirir joyas en los últimos años! ¡Qué sencillo! Los fondos que desfalcaba los convertía en joyas, que luego es probable reemplazase por duplicados en pasta y de este modo las iba poniendo en lugar seguro, bajo otro nombre, y amasando una fortuna considerable para disfrutarla a su debido tiempo cuando se hubiese perdido su rastro. Una vez todo dispuesto cita a Lowen (quien tuvo la imprudencia de enfurecer al gran hombre un par de veces), hace un agujero en la caja fuerte, deja la orden de que su invitado sea introducido en el despacho y sale de la casa... ¿Adónde va? —Poirot se detuvo alargando la mano para coger otro huevo duro. Frunció el ceño—. Es realmente insoportable —murmuró— que todas las gallinas pongan los huevos de distintos tamaños. ¿Qué simetría puede haber entonces en una mesa? ¡Por lo menos en la tienda deberían ordenarlos por docenas!

—Qué importan los huevos —replicó Japp impaciente—. Deje que los pongan cuadrados si quieren. Díganos adónde fue nuestro hombre cuando salió de Los Cedros..., es decir, ¡si es que lo sabe! ¡Que yo creo que no!

—*Eh bien,* fue a su escondite. Ah, ese monsieur Da-venheim debe de tener algún defecto en sus células grises, pero son de primera calidad, seguro.

—¿Sabe usted dónde se esconde?

—¡Desde luego! Es de lo más ingenioso.

—¡Por amor de Dios, dígalo entonces!

Poirot, con toda calma, fue recogiendo los trocitos de cáscara de huevo y colocándolos en el interior de su taza. Una vez concluida esta operación, sonrió ante el efecto de pulcritud conseguido y luego nos miró con afecto.

—Vamos, amigos míos, ustedes son hombres inteligentes. Háganse la pregunta que yo me hice: "Si yo fuese ese hombre, ¿dónde me escondería?". Hastings, ¿qué dice usted?

—Pues —repuse—, tengo la impresión de que no soy ninguna lumbrera. Yo me hubiera quedado en Londres... en la zona muy céntrica, y hubiera viajado continuamente en metros y autobuses; tendría diez oportunidades contra una de ser reconocido. Hay cierta seguridad entre la multitud.

Poirot miró interrogadoramente a Japp.

—No estoy de acuerdo. Huir en seguida... es la única posibilidad. Tuvo tiempo de sobra para disponerlo todo de antemano. Yo hubiera tenido un yate preparado esperándome con el motor en marcha, y me hubiese marchado a cualquier rincón ignorado antes de que se armara el alboroto.

Los dos miraron a Poirot.

—¿Qué dice usted, monsieur?

Guardó silencio por unos instantes. Luego una sonrisa muy curiosa iluminó su rostro.

—Amigos míos, si yo quisiera esconderme de la policía, ¿saben adónde iría? ¡*A la cárcel!*

—¿Qué?

—¡Usted busca a monsieur Davenheim con el deseo de meterlo en la cárcel, de modo que no soñará siquiera en mirar si ya está en ella!

—¿Qué quiere decir?

—Usted me dijo que madame Davenheim no era una mujer muy inteligente. ¡Sin embargo creo que si la lleva a la Baw Street y la enfrenta con Kellet le reconocería! A pesar de que se ha afeitado la barba y el bigote y esas pobladas cejas, y se ha cortado el cabello. Una mujer casi siempre reconoce a su esposo, aunque él consiga engañar a todo el mundo.

—¿Billy Kellet? ¡Pero si es conocido de la policía!

—¿No le dije que Davenheim era un hombre inteligente? Preparó su coartada de antemano. No estuvo en Buenos Aires el otoño pasado..., sino encarnando el tipo de Billy Kellet "por espacio de tres meses", para que la policía no sospechara cuando llegase la ocasión. Recuerde que se jugaba una gran fortuna, así como la libertad. Valía la pena hacerlo a conciencia. Sólo...

—Sí.

—*Eh bien!*, sólo que después tuvo que usar barba y peluca para volver a ser el mismo de antes, y dormir con la barba postiza no es cosa fácil... y, por lo tanto, no pudo seguir compartiendo la misma habitación que su esposa. Usted averiguó que durante los últimos seis meses, o desde que se supuso que regresó de Buenos Aires, él y mistress Davenheim ocuparon habitaciones separadas. ¡Entonces tuve plena certeza! Todo coincidía. El jardinero que imaginó ver a su amo dando vueltas a la casa tuvo razón. Fue hasta la caseta de las embarcaciones, se vistió con ropas de "vagabundo", que supo ocultar ante su criado, arrojó las suyas al lago y llevó adelante su plan empeñando el anillo de una manera evidente, y luego asaltando a un policía para que le detuviera y de ese modo permanecer a salvo en Bow Street, donde nadie iba a buscarle.

—Es imposible —murmuró Japp.

—Pregunte a madame —dijo mi amigo, con expresión sonriente.

Al día siguiente, junto al plato de Poirot, había una carta certificada. La abrió y encontró en su interior un billete de cinco libras. Mi amigo frunció el ceño.

—¡Ah, *sacré!* Pero, ¿qué voy a hacer con él? Tengo grandes remordimientos, *¡Ce pauvre* Japp! ¡Ah, tengo una idea! ¡Podemos celebrar una comida los tres! Eso me consuela. La verdad es que fue demasiado fácil. Estoy avergonzado. Yo, que soy incapaz de robar a una criatura... *mille tonnerres! Mon ami,* ¿qué le ocurre, que se ríe tan a gusto?

LA AVENTURA DEL NOBLE ITALIANO

Poirot y yo teníamos muchos amigos y conocidos de confianza. Entre ellos he de mencionar al doctor Hawker, un vecino nuestro, perteneciente a la profesión médica. El doctor Hawker tenía la costumbre de venir algunas veces a charlar con Poirot, de cuyo ingenio era un ferviente admirador, ya que por ser franco y confiado hasta un grado máximo apreciaba en el detective los talentos que a él le faltaban.

Una noche, a principios de junio, llegó a eso de las ocho y media y entabló una discusión sobre el alegre tema de la frecuencia del envenenamiento con arsénico en los crímenes. Debió ser cosa de una hora más tarde cuando se abrió la puerta de nuestro saloncito, dando paso a una mujer descompuesta que se precipitó hacia nosotros.

—¡Oh doctor, le necesitan! ¡Qué voz tan terrible! ¡Vaya un susto que me ha dado!

Reconocí en nuestra nueva visitante al ama de llaves del doctor Hawker, miss Rider. El doctor era un solterón que vivía en una lúgubre casa antigua unas calles más abajo. Miss Rider, tan apacible por lo general, se hallaba ahora en un estado que rayaba en la incoherencia.

—¿Qué voz terrible? ¿De quién es y qué ocurre?

—Fue por teléfono, señor. Yo contesté... y me habló una voz. "Socorro", dijo. "Doctor... ¡socorro! ¡Me han asesinado!" ¿Quién habla?, dije yo. ¿Quién habla? Entonces percibí una respuesta... un mero susurro. Me pareció que decía: "Foscatini..." o algo por el estilo... "Regent's Court".

El doctor lanzó una exclamación.

—El conde Foscatini. Tiene un piso en Regent's Court. Debo ir en seguida. ¿Qué puede haber ocurrido?

—¿Es un paciente suyo? —preguntó Poirot.

—Hace algunas semanas que le atendí por causa de una ligera indisposición. Es italiano, pero habla inglés a la perfección. Bueno, debo despedirme ya, monsieur Poirot, a menos que... —vaciló.

—Creo adivinar lo que está pensando —dijo Poirot con una sonrisa—. Le acompañaré encantado. Hastings, baje a llamar un taxi.

Los taxis siempre desaparecen cuanto uno anda apurado de tiempo, pero al fin conseguí capturar uno y no tardamos en encontrarnos camino de Regent's Court. Éste era un nuevo bloque de pisos situado junto a la carretera de St. John Wood. Habían sido recientemente construidos y con gran lujo.

No había nadie en el portal. El doctor presionó el botón del ascensor con impaciencia y cuando éste descendió ordenó al botones uniformado:

—Apartamento 11. Conde Foscatini. Tengo entendido que acaba de ocurrir un accidente.

El hombre le miró extrañado.

—Es la primera noticia. Mister Graves... el criado del conde Foscatini... salió hará una media hora y no dijo nada.

—¿Está el conde solo en el piso?

—No, señor; dos caballeros están cenando con él.

—¿Qué aspecto tienen? —pregunté ansiosamente.

—Yo no les vi, señor, pero tengo entendido que eran extranjeros.

Abrió la puerta de hierro y salimos al descansillo. El número 11 estaba ante nosotros. El doctor hizo sonar el timbre. No hubo respuesta. El doctor insistió una y otra vez; pero nadie dio señales de vida.

—Esto se está poniendo serio —musitó el doctor volviéndose hacia el encargado del ascensor—. ¿Hay alguna llave que abra esta puerta?

—El portero tiene una en su garita, abajo.

—Vaya a buscarla. Escuche, será mejor que avise a la policía.

El hombre regresó al poco rato acompañado del portero.

—Caballeros, ¿quieren decirme qué significa todo esto?

—Desde luego. He recibido un mensaje telefónico del conde Foscatini declarando que había sido atacado y que se moría. Comprenderá usted que no debemos perder tiempo... si es que no es ya demasiado tarde.

El portero le entregó la llave y penetramos en el piso. Primero nos encontramos en un recibidor cuadrado muy reducido. A la derecha había una puerta entreabierta que el portero indicó con un gesto ambiguo.

—El comedor.

El doctor Hawker abrió la puerta y le seguimos pegados a sus talones. Al entrar en la habitación contuve el aliento. La mesa redonda del centro conservaba aún los restos de una comida; las tres sillas estaban un tanto retiradas, como si sus ocupantes acabaran de levantarse. En un rincón, a la derecha de la chimenea, había una mesa escritorio y tras ella un hombre. Su mano derecha seguía sujetando la base del teléfono, pero había caído hacia delante a causa del terrible golpe recibido en la cabeza, por la espalda. El arma no estaba muy lejos. Una gran figura de mármol había sido devuelta apresuradamente a su sitio de costumbre con el pedestal manchado de sangre.

El examen del médico no duró ni un minuto.

—Está muerto. Debe haber sido casi instantáneo. Me pregunto cómo habrá podido telefonear. Es mejor no tocarlo hasta que se presente la policía.

A una sugerencia del portero registramos el piso, pero el resultado nos llevó a una conclusión ya prevista. Era poco probable que los asesinos se hubieran escondido allí.

Regresamos al comedor. Poirot no nos había acompañado y le encontré estudiando el centro de la mesa con gran atención. Me uní a él. Era una mesa redonda de caoba, muy bien barnizada. Un jarrón con rosas decoraba su centro. Había una fuente con frutas, pero los platos de postre no habían sido tocados... tres tacitas con restos de café, solo en dos de ellas y con leche en la otra. Los tres hombres habían bebido oporto, y la botella aparecía mediada. Uno de ellos había fumado un puro, y los otros dos, cigarrillos. Una caja de plata y carey que contenía cigarros y cigarrillos estaba abierta sobre la mesa.

Fui enumerando todos estos factores para mis adentros, viéndome forzado a admitir que no arrojaban ninguna luz sobre la situación. Me pregunté qué es lo que miraba mi amigo Poirot con tanta atención y se lo pregunté.

—*Mon ami* —replicó—, se equivoca usted. Estoy buscando algo que no veo.

—¿Y qué es ello?

—Un error... aunque sea insignificante..., pero un error cometido por el asesino.

Dirigióse a la pequeña cocina adyacente, y después de inspeccionarla meneó la cabeza.

—Monsieur —dijo al portero—, ¿quiere explicarme el sistema que emplean aquí para servir las comidas?

El portero abrió una puertecita que había en la pared.

—Este es el montacargas del servicio —explicó—. Va hasta las cocinas situadas en la parte alta del edificio. Se pide lo que se desea por teléfono, y los platos se bajan en el ascensor de uno en uno. Los platos y fuentes sucios se suben de la misma manera. No hay preocupaciones domésticas, ¿comprende?, y al mismo tiempo se evita la molestia de comer siempre en el restaurante.

Poirot asintió.

—Entonces los platos y fuentes utilizados esta noche están arriba, en la cocina. ¿Me permite que suba?

—¡Oh, desde luego, si usted quiere! Robert, el encargado del ascensor, le acompañará para presentarle; pero me temo que no encontrará nada. Allí se manejan cientos de platos y fuentes y estarán todos revueltos.

No obstante, Poirot no desistió y juntos visitamos las cocinas interrogando al hombre que había recibido el encargo del apartamento 11.

—El encargo fue hecho *à la carte menu...* para tres —explicó—. Sopa *julienne*, filete de lenguado a la normanda, *tour-nedos* de ternera y arroz *soufflé*. ¿A qué hora? A las ocho, poco más o menos. No, me temo que ahora los platos estarán ya lavados. Supongo que usted esperaría encontrar huellas dactilares.

—No era eso precisamente —dijo Poirot con una sonrisa enigmática—. Me interesaba más conocer el apetito del conde Foscatini. ¿Comió de todos los platos?

—Sí; aunque, claro, no puedo decirle qué cantidad. Los platos estaban todos sucios y las fuentes vacías... es decir, excepto el *soufflé* de arroz. Dejaron bastante.

—¡Ah! —exclamó Poirot, al parecer satisfecho por aquel detalle.

Mientras volvíamos a bajar observó en voz baja:

—Decididamente tenemos que habérnoslas con un hombre metódico.

—¿Se refiere al asesino o al conde Foscatini?

—Desde luego, este último era un caballero muy ordenado. Después de implorar ayuda y anunciar su próxima defunción, tuvo el cuidado de colgar el teléfono.

Miré a Poirot. Sus palabras me dieron una idea.

—¿Sospecha de algún veneno? —susurré—. El golpe en la cabeza fue para despistar...

Poirot limitóse a sonreír.

Cuando entramos en el apartamento descubrimos que el inspector de policía local había llegado con dos agentes, y pareció molestarle nuestra presencia, hasta que Poirot le calmó, mencionando a nuestro amigo el inspector Japp de Scotland Yard, y de este modo conseguimos autorización para quedarnos. Fue una suerte, porque no habían transcurrido ni cinco minutos cuando un hombre de mediana edad entró corriendo en la habitación.

Se trataba de Graves, el criado-mayordomo del finado conde Foscatini, y la historia que tenía que contar era sensacional.

La mañana anterior dos caballeros habían ido a visitar a su amo. Eran italianos, y el mayor de los dos, un hombre de unos cuarenta años, dijo llamarse signor Ascanio. El más joven iba bien vestido y tendría unos veinticuatro años.

Evidentemente, el conde Foscatini esperaba su visita y en seguida envió a Graves a hacer algún recado intrascendente. Al llegar a este punto, el criado vaciló e hizo un alto en su relato. No obstante, al fin confesó que, intrigado por el motivo de aquella entrevista, no había obedecido inmediatamente, sino que se entretuvo con la esperanza de oír algo de lo que trataran.

Sostenían la conversación en voz tan baja que no obtuvo el éxito esperado, pero sí entendió lo bastante para comprender que estaban discutiendo alguna proposición monetaria y que la base era la amenaza. La discusión no pasó del tono amistoso. Al final, el conde Foscatini, elevando la voz de modo que sus palabras llegaron hasta Graves, dijo claramente:

—Ahora no tengo tiempo para seguir discutiendo, caballeros. Si quieren cenar conmigo mañana a las ocho, continuaremos la discusión.

Temeroso de ser sorprendido escuchando, Graves apresuróse a cumplir el encargo de su amo. Aquella noche los dos hombres llegaron puntualmente a las ocho. Durante la cena se habló de diversos temas..., de política, del tiempo y del mundo teatral. Cuando Graves hubo colocado el oporto sobre la mesa y servido el café, su amo le dijo que podía salir aquella noche.

—¿Era lo que acostumbraba a hacer cuando tenía invitados? —preguntó el inspector.

—No, señor. Eso es lo que me hizo pensar que debían tener que discutir un asunto muy particular.

Ahí terminaba la historia de Graves. Se había marchado con su amigo a las ocho y media y estuvieron en el Metropolitan Music Hall de Edward Road.

Nadie había visto salir a los dos hombres, pero la hora del crimen se fijó con bastante precisión. Las ocho cuarenta y siete. Un pequeño reloj que había sobre el escritorio había caído al suelo arrastrado por el brazo de Foscatini y se había parado a esa hora, que coincidía aproximadamente con la llamada telefónica recibida por miss Rider.

El médico de la policía había examinado el cadáver, que ahora yacía en el diván. Por primera vez miré aquel rostro... cutis aceitunado, nariz larga, bigote exuberante y labios carnosos, que dejaban ver unos dientes blanquísimos. No era un rostro agradable.

—Bien —dijo el inspector cerrando la libreta—. El caso parece bastante claro. La única dificultad estará en poder atrapar al signor Ascanio. Supongo que su dirección no estará en la agenda del difunto, por casualidad.

Como Poirot había dicho, el difunto Foscatini fue un hombre ordenado, y encontraron cuidadosamente escrito con su letra precisa y menuda lo siguiente: "Signor Paolo Ascanio, Hotel Grosvenor".

El inspector estuvo unos momentos llamando por teléfono, y al fin volvióse hacia nosotros con una sonrisa.

—Llegamos a tiempo. Nuestro hombre acaba de tomar el transbordador para el continente. Bien, caballeros, ya no tenemos nada que hacer aquí. Es un mal asunto, pero bastante claro. Probablemente se trata de una de esas venganzas personales italianas.

Mientras bajábamos la escalera, el doctor Hawker dijo:

—Es como el principio de una novela, ¿eh? Realmente excitante. De esas cosas que si no se leen no se creen.

Poirot nada dijo; estaba muy pensativo y durante toda la noche apenas despegó los labios:

—¿Qué dice el maestro de los detectives? —preguntóle Hawker dándole una palmada en la espalda—. Esta vez no tiene por qué hacer trabajar a sus células grises.

—¿Usted cree que no?

—¿Qué podría hacer?

—Pues, por ejemplo... hay que tener en cuenta la ventana.

—¿La ventana? Pero si estaba cerrada... Nadie pudo entrar o salir por ella. Me fijé y la observé detenidamente.

—¿Y por qué se fijó usted?

El doctor pareció extrañado y Poirot apresuróse a explicarse.

—Me refiero a las cortinas. No estaban corridas, y eso es un poco extraño. Y luego el color del café. Era muy negro.

—Bien, ¿y qué tiene de particular?

—Era muy negro —replicó Poirot—, y si recordamos que comieron muy poco *soufflé* de arroz llegaremos... ¿a qué conclusión?

—A cualquier desatino —rió el médico—. Me está usted tomando el pelo.

—Yo nunca tomo el pelo, Hastings me conoce y sabe que hablo en serio.

—De todas formas no sé adónde quiere usted ir a parar —confesé—. No sospechará del criado, ¿verdad? Podría estar en complot con la banda y haber echado alguna droga en el café. Supongo que habrán comprobado la coartada.

—Sin duda alguna, amigo mío; pero es la del signor Ascanio la que me interesa. Esa coartada me gustaría conocer.

—¿Usted cree que la tiene?

—Eso es precisamente lo que me preocupa, y no me cabe duda de que pronto lo sabremos.

El *Daily Newsmonger* nos permitió comentar otros acontecimientos.

El signor Ascanio fue detenido acusado del asesinato del conde Foscatini, y una vez arrestado negó conocer al conde, declarando que no había estado por los alrededores de Regent's Court ni la noche del crimen ni la mañana anterior. El más joven había desaparecido completamente. El signor Ascanio había llegado al Hotel Grosvenor, procedente del Continente, dos días antes del crimen, y todos los esfuerzos realizados por encontrar al otro hombre fracasaron.

Sin embargo, Ascanio no fue encarcelado. Nada menos que el embajador italiano en persona se había presentado para testificar que Ascanio había estado con él en la Embajada, de ocho a nueve de aquella noche. El detenido quedó en libertad. Claro que mucha gente pensó que se trataba de un crimen político, y que deliberadamente echaron tierra sobre el asunto.

Poirot se interesó por todos los acontecimientos. No obstante, quedé un poco sorprendido cuando me anunció de pronto una mañana que esperaba una visita a las once, y que se trataba nada menos que del propio Ascanio.

—¿Viene a consultarle?

—*Du tout,* Hastings. Yo quiero consultarle a él.

—¿Sobre qué?

—Sobre el asesinato de Regent's Court.

—¿Va usted a probar que fue él?

—Un hombre no puede ser juzgado dos veces por el mismo crimen, Hastings. Procure tener sentido común. Ah, ésa es la llamada de nuestro hombre.

Pocos minutos después el signor Ascanio era introducido en la estancia...; un hombre menudo, delgado, de mirada furtiva y recelosa. Permaneció en pie dirigiéndonos miradas furtivas, ora a Poirot, ora a mí.

—¿Monsieur Poirot?

Mi pequeño amigo se señaló el pecho con la mano.

—Siéntese, signor. Ya ha recibido usted mi nota. Estoy decidido a llegar al fondo de este misterio y usted puede ayudarme. Empecemos. Usted... acompañado de un amigo... visitó al difunto conde Foscatini la mañana del martes día nueve...

El italiano hizo un gesto de contrariedad.

—Yo no hice nada de eso. He jurado ante el juez...

—*Précisément...* y tengo la ligera impresión de que ha jurado en falso.

—¿Me amenaza usted? ¡Bah! No tengo nada que temer de usted. He sido absuelto.

—Exacto; y no soy tan imbécil como para amenazarle con la cárcel..., sino con la publicidad. ¡Publicidad! Veo que no le agrada esa palabra. Lo suponía. Mis pequeñas ideas me son muy valiosas. Vamos, signor, su única oportunidad es ser franco conmigo. No le voy a preguntar qué es lo que le trajo a Inglaterra. Ya lo sé: usted vino con el propósito expreso y decidido de ver al conde Foscatini.

—No era conde —gruñó el italiano.

—Ya he observado que su nombre no consta en el *Almanach de Gotha.* No importa, el título de conde suele ser útil en la profesión de chantajista.

—Creo que lo mejor será hablar claro. Al parecer, sabe usted muchas cosas.

—He utilizado mis células grises. Vamos, signor Ascanio, usted visitó al difunto el martes por la mañana... ¿Es o no cierto?

—Sí, pero no fui allí a la noche siguiente. No hubo necesidad. Se lo contaré todo. Cierta información referente a un hombre de gran posición en Italia llegó a conocimiento de ese canalla, que exigió una gran suma de dinero a cambio de esos papeles. Yo vine a Inglaterra para arreglar este asunto y fui a verle aquella mañana acompañado de uno de los secretarios jóvenes de la Embajada. El conde mostróse más razonable de lo que esperaba, aunque la suma que le entregué era muy elevada.

—Perdone, ¿cómo le fue pagada?

—En billetes de banco italianos. Se los entregué y entonces él a cambio me dio los papeles. No volví a verle.

—¿Por qué no lo dijo cuando lo detuvieron?

—En mi delicada situación me vi obligado a negar toda relación con ese hombre.

—¿Y qué opina entonces de los acontecimientos de aquella noche?

—Sólo puedo pensar que alguien me suplantó deliberadamente. Tengo entendido que en el apartamento no fue encontrado dinero alguno.

Poirot miró meneando la cabeza.

—Es curioso —murmuró—. Todos nosotros poseemos células grises y qué pocos sabemos utilizarlas. Buenos días, signor Ascanio. Creo su historia. Es poco más o menos lo que había imaginado, pero tenía que asegurarme.

Tras acompañar a su visitante hasta la puerta, Poirot volvió a ocupar su butaca, sonriéndome.

—Oigamos lo que opina del caso monsieur *le capitaine* Hastings.

—Supongo que Ascanio tiene razón..., alguien le suplantó.

—Nunca, pero nunca, aprenderá a utilizar la inteligencia que Dios le ha dado. Recuerde alguna de las palabras que pronuncié al salir del apartamento aquella noche. Se referían a las cortinas de la ventana, que no habían sido corridas. Estamos en el mes de junio y a las ocho y media. *Ça vous dit quelque chose?* Tengo la vaga impresión de que algún día llegará a comprenderlo. Ahora pasemos adelante. El café, como le dije, era muy negro, y el conde Foscatini tenía una dentadura blanquísima. El café mancha los dientes. De ello deducimos que no lo probó. No obstante, había restos de café en las tres tazas. ¿Por qué habían de querer simular que el conde Foscatini había tomado café cuando no era cierto?

Meneé la cabeza, muy sorprendido.

—Vamos, le ayudaré. ¿Qué pruebas tenemos de que Ascanio y su amigo, o dos hombres que los suplantaron, hubieran estado en el apartamento aquella noche? Nadie les vio entrar, ni nadie les vio salir. Sólo tenemos la declaración de un hombre y la evidencia de una serie de objetos inanimados.

—¿Qué quiere usted decir...?

—Me refiero a los cuchillos, tenedores, platos y fuentes vacías. ¡Ah, pero fue una idea inteligente! ¡Graves es un ladrón y un granuja, pero un hombre de método! Oye parte de la conversación sostenida aquella mañana... lo bastante para comprender que Ascanio estará en una situación difícil para defenderse, y la noche siguiente, a eso de las ocho, dice a su amo que le llaman al teléfono. Foscatini se sienta, alarga la mano para coger el aparato, y en aquel momento Graves le propina un fuerte golpe con la figura de mármol. Luego acude a toda prisa al teléfono interior y encarga cena... ¡para tres! Prepara la mesa, ensucia los platos, cuchillos, tenedores, etc... Pero también ha de deshacerse de la comida. No sólo es un hombre inteligente, sino que además posee un estómago de gran capacidad. Pero después de comerse tres *tournedos,* ya no puede con el *soufflé* de arroz. Incluso se fuma un puro y dos cigarrillos para que la impresión sea completa. ¡Ah, todo estaba magníficamente planeado! Luego coloca las manecillas del reloj a las ocho cuarenta y siete y lo tira al suelo para pararlo. Lo único que no hizo fue correr las cortinas. Pero si los tres hubiesen cenado realmente, las cortinas hubiesen sido corridas en cuanto empezara a anochecer. Después se apresura a mencionar la presencia de los invitados al encargado del ascensor. Corre hasta un teléfono público y lo más cerca posible de las ocho cuarenta y siete telefonea al médico imitando la voz de su amo. Tan acertada fue su idea que nadie se preocupa por comprobar si la llamada fue hecha desde el apartamento número 11.

—Excepto Hércules Poirot, ¿supongo? —dije—.

—Ni siquiera Hércules Poirot —dijo mi amigo, sonriendo—. Ahora voy a comprobado. Primero tenía que probar mi teoría ante usted. Pero ya verá cómo tengo razón; y luego, Japp, a quien ya he insinuado algo, podrá detener al respetable Graves. Me pregunto cuánto dinero habrá gastado ya.

Poirot tuvo razón..., como siempre, ¡maldita sea!

EL CASO DEL TESTAMENTO DESAPARECIDO

El problema presentado por miss Violet Marsh representó un cambio muy agradable en nuestro trabajo rutinario. Poirot había recibido una nota breve y comercial de aquella dama, solicitando una entrevista, y él le contestó pidiéndole que fuera a verle a las once del día siguiente.

Ella llegó puntualmente. Era una joven alta, muy hermosa, sencilla pero pulcramente vestida, y de aire decidido.

—El asunto que me trae aquí es un tanto desacostumbrado, monsieur Poirot —comenzó a decir después de aceptar una silla—. Será mejor que empiece por el principio y le cuente toda la historia.

—Como usted guste, mademoiselle.

—Soy huérfana. Mi padre era uno de los dos hijos de un modesto labrador de Devonshire. La granja era muy pobre, y el hermano mayor, Andrew, emigró a Australia, donde le fue muy bien, y gracias a una hábil especulación de terrenos se convirtió en un hombre muy rico. El hermano menor, Roger (mi padre), no sentía inclinación hacia la vida del campo. Obtuvo un empleo en una empresa poco importante. Mi padre falleció cuando yo tenía seis años. A los catorce, mi madre le siguió, y el único pariente que me quedó con vida era mi tío Andrew, que hacía poco acababa de regresar de Australia. Compró una pequeña casa, Crabtree Manor, en su país natal, y se portó muy bien conmigo, llevándome a vivir con él y tratándome como si fuera su propia hija.

»Crabtree Manor, a pesar de su nombre, es en realidad una antigua granja. Mi tío llevaba en la sangre el amor a esa clase de trabajo y se interesó por diversos sistemas modernos de explotación de las granjas. Aunque siempre fue amable conmigo, tenía ciertas ideas muy peculiares profundamente arraigadas acerca de la educación de las mujeres. Él era un hombre de poquísima o ninguna educación, listo, y daba muy poca importancia a lo que él llamaba "ciencia de los libros", oponiéndose a que yo estudiara. En su opinión, las muchachas debían aprender las faenas de la casa, ser útiles en todo, y tener el menor contacto posible con los libros. Se propuso educarme según estos principios. Yo me rebelé abiertamente. Sabía que poseía un buen cerebro y ninguna disposición para las tareas domésticas. Mi tío y yo discutimos muchas veces por esa cuestión, y a pesar de querernos mucho, los dos éramos tozudos. Tuve la suerte de ganar una beca y hasta cierto punto pude salirme con la mía. La crisis surgió cuando decidí trasladarme a Girton. Tenía un poco de dinero mío, que me dejó mi madre, y estaba completamente resuelta a emplear lo mejor posible los talentos que Dios me había dado. Tuve una discusión final con mi tío, que me expuso los hechos con toda claridad. Él no tenía otros parientes y deseaba que yo fuera su única heredera. Como ya le he dicho, era un hombre muy rico. No obstante, si yo persistía en "aquellas novedades" no debía esperar nada de él. Me mantuve firme, aunque correcta. Le dije que siempre le apreciaría mucho, pero que debía dirigir mi propia vida. Nos separamos así; "Tú confías en tu cerebro", fueron sus últimas palabras. "Yo no tengo estudios, pero, a pesar de todo, apuesto mi inteligencia contra la tuya. Veremos quién gana."

»Eso ocurrió hace nueve años. Pasé con él algún fin de semana, y nuestras relaciones fueron siempre amistosas, aunque no cambió de modo de pensar. Desde hace tres años su salud comenzó a flaquear y falleció hace un mes.

»Ahora voy llegando al motivo de mi visita. Mi tío dejó un testamento extraordinario. Según sus condiciones, Crabtree Manor y todo lo que contiene estará a mi disposición durante un año a partir del día de su muerte... "Durante este tiempo mi sobrina deberá probar su inteligencia", ésas son sus palabras exactas. Al finalizar este plazo, "si mi inteligencia ha resultado mejor que la suya, la casa y toda mi inmensa fortuna pasarán a instituciones benéficas".

—Esto es un poco duro para usted, mademoiselle, ¿no le parece?

—Yo no lo veo así. Mi tío Andrew me advirtió lealmente y yo escogí mi camino. Puesto que no he cumplido sus deseos, tenía perfecto derecho a dejar su dinero a quien quisiera.

—¿El testamento de su tío fue redactado por un abogado?

—No; fue escrito en un formulario impreso y firmaron como testigos el matrimonio que vive en la casa y cuidaba de mi tío.

—¿Existe la posibilidad de impugnar ese testamento?

—Ni siquiera lo intentaría.

—Entonces, ¿lo considera un reto por parte de su tío?

—Eso es exactamente lo que opino de él.

—Se presta a esa interpretación, desde luego —dijo Poirot, pensativo—. En algún lugar de su casa de campo su tío ha escondido o bien una suma de dinero en billetes o tal vez su segundo testamento, y le da un año de plazo para ejercitar su imaginación y descubrirlo.

—Exacto, monsieur Poirot, y le hago el honor de considerar que su ingenio es mejor que el mío.

—*¡Eh, eh,* es usted muy amable! Mis células grises están a su disposición. ¿No ha empezado usted a buscar todavía?

—Sólo muy por encima; siento demasiado respeto por la innegable habilidad de mi tío para suponer que ha de ser una tarea fácil.

—¿Tiene usted el testamento o una copia?

Miss Marsh le entregó un documento, que Poirot leyó haciendo gestos de asentimiento.

—Fue otorgado hace tres años. Lleva fecha del veinticinco de marzo, y también consta la hora, las once de la mañana..., esto es muy sugestivo. Limita el campo en que hemos de buscar. Estoy seguro de que existe otro testamento, hecho media hora más tarde, que anulará éste. *Eh bien,* mademoiselle, el problema que acaba de plantearme es muy ingenioso, y tendré un gran placer en solucionarlo. Afortunadamente, de momento no tengo ningún asunto entre manos. Hastings y yo iremos a Crabtree Manor esta misma noche. Supongo que el matrimonio que cuidaba de su tío seguirá aún allí.

—Sí, se llaman Baker.

A la mañana siguiente estábamos ya dispuestos para la búsqueda. Habíamos llegado la noche anterior y Mr. y Mrs. Baker, que habían recibido un telegrama de miss Marsh, nos estaban esperando.

Acabábamos de tomar un excelente desayuno y nos hallábamos sentados en una reducida habitación con paneles de madera que había sido el despacho y cuarto de estar de mister Marsh.

—*Eh bien, mon ami* —dijo Poirot, encendiendo uno de sus diminutos cigarrillos—, debemos trazar nuestro plan de campaña. Ya he realizado una ligera inspección por toda la casa, pero soy de la opinión de que cualquier pista ha de encontrarse en esta habitación. Tendremos que revisar con sumo cuidado todos los documentos del escritorio. Claro que no espero encontrarlo entre ellos, pero es probable que en algún papel de apariencia inocente hallemos la pista del escondite. Pero antes hemos de conseguir alguna información. Haga sonar el timbre, se lo ruego.

Obedecí. Mientras esperábamos que contestasen, Poirot anduvo de un lado a otro mirando a su alrededor con aire de aprobación.

—Mister Marsh era un hombre metódico. Vea qué ordenados están sus papeles; la llave de cada cajón tiene su etiqueta de marfil..., así como la de la vitrina de porcelanas que hay junto a la pared, y fíjese con qué precisión está colocado cada objeto.

Se detuvo bruscamente, con los ojos fijos en la llave del escritorio, de la que colgaba un sobre sucio. Poirot, frunciendo el ceño, la quitó de la cerradura. En el sobre se leían las palabras: "Llave del escritorio", con la letra desigual, muy distinta de las pulcras inscripciones de las otras llaves.

—Una nota discordante —dijo Poirot, con el entrecejo fruncido—. Juraría que esto no es propio de la personalidad de mister Marsh, pero ¿quién más ha estado en la casa? Sólo miss Marsh, y ella, si no me equivoco, también es una joven metódica y ordenada.

Baker acudió respondiendo a nuestra llamada.

—¿Quiere ir a buscar a su esposa para que responda a algunas preguntas?

Baker regresó a los pocos minutos con mistress Baker. En pocas palabras Poirot les puso al corriente y los Baker le expresaron su simpatía.

—Nosotros no queremos que miss Violet se vea privada de lo que es suyo —declaró la mujer—. Sería una crueldad que todo fuese a parar a los hospitales.

Poirot comenzó a interrogarles. Sí, Mr. y Mrs. Baker recordaban perfectamente haber firmado el testamento. Baker había sido enviado previamente a la ciudad vecina a recoger los dos impresos.

—¿Dos? —dijo Poirot extrañado.

—Sí, señor, supongo que para más seguridad, en caso de que se estropease uno..., y casi seguro que fue así. Habíamos firmado uno...

—¿A qué hora?

Baker se rascó la cabeza, pero su esposa fue más rápida en contestar.

—Pues para más exactitud, acababa de poner a hervir la leche para el cacao de las once. ¿No te acuerdas? —dijo a su esposo—. Se había derramado sobre el fogón cuando volvimos a la cocina.

—¿Y después?

—Sería una hora más tarde. Tuvimos que volver a firmar. "Me he equivocado —nos dijo el señor—, y he tenido que romperlo. Tendré que molestarles otra vez haciéndoles firmar de nuevo." Y eso hicimos. Y después el señor nos dio una bonita cantidad de dinero a cada uno. "No os dejo nada en mi testamento", nos dijo, "pero cada año, mientras yo viva, os daré una cantidad como ésta para que la guardéis para cuando yo no esté"; y desde luego eso hizo.

Poirot reflexionó.

—Después de que ustedes firmaran por segunda vez, ¿qué hizo mister Marsh? ¿Lo saben ustedes?

—Fue al pueblo a pagar a los comerciantes.

Aquello no parecía muy prometedor. Poirot empleó otra táctica. Les mostró la llave del escritorio.

—¿Es ésta la letra de mister Marsh?

Puede que yo lo imaginara, pero me pareció que transcurrían unos segundos, antes de que Baker replicara:

—Sí, sí, señor.

"Miente —pensé—. Pero ¿por qué?"

—¿Se ausentó de la casa...? ¿Ha venido algún forastero durante los últimos tres años?

—No, señor.

—¿Ni visitas?

—Sólo miss Violet.

—¿Ningún extraño ha penetrado en esta habitación?

—No, señor.

—Olvidas a los obreros, Jim —le recordó su esposa.

—¿Obreros? —Poirot volvióse en redondo hacia ella—. ¿Qué obreros?

La mujer explicó que dos años y medio atrás habían estado varios obreros en la casa para efectuar ciertas reparaciones. No pudo precisar de qué se trataba. En su opinión fue un capricho del amo, completamente innecesario. Los obreros pasaron parte del tiempo en el despacho, aunque no podía decir qué es lo que hicieron allí. Por desgracia, no podía recordar el nombre de la empresa que efectuó los trabajos, sólo que era de Plymouth.

—Vamos progresando, Hastings —dijo Poirot frotándose las manos cuando los Baker salieron de la estancia—. Evidentemente hizo otro testamento y luego esos obreros de Plymouth le construyeron un escondite adecuado. En vez de perder el tiempo levantando el suelo y golpeando las paredes, iremos a Plymouth.

Tras algunos trabajos conseguimos la información deseada, y después de un par de tentativas descubrimos la firma que contrató mister Marsh.

Los obreros llevaban en ella muchos años, y fue fácil encontrar a los que trabajaron bajo las órdenes de mister Marsh. Recordaban su trabajo perfectamente. Entre otros arreglos insignificantes, sacaron uno de los ladrillos de la anticuada chimenea, hicieron una cavidad debajo de éste, y luego volvieron a colocarlo de modo que fuera imposible distinguir la unión. Para abrirlo era preciso presionar el segundo ladrillo contando desde el extremo. Había sido un trabajo complicado y el anciano caballero se mostró muy ilusionado con él. Nuestro informador era un hombre alto y delgado, llamado Cogham, y al parecer bastante inteligente

Regresamos a Crabtree Manor muy optimistas, y cerrando la puerta del despacho nos dispusimos a comprobar nuestro descubrimiento. Era imposible distinguir señal alguna en los ladrillos, pero cuando presionamos en la forma indicada, apareció una profunda cavidad.

Poirot introdujo su mano con ansiedad, y de pronto su rostro pasó del optimismo a la consternación. Todo lo que extrajo fue un pedazo de papel; mas, aparte de esto, la cavidad estaba completamente vacía.

—*Sacré!* —exclamó Poirot furioso—. Alguien ha llegado antes que nosotros.

Examinamos el papel con ansiedad. Desde luego se trataba de un fragmento de lo que buscábamos. Se veía en él parte de la firma de Baker, pero ninguna indicación de cuáles habían sido los términos del testamento.

—No lo entiendo —gruñó Poirot—. ¿Quién lo habrá destruido? ¿Y con qué objeto?

—¿Los Baker? —le sugerí.

—*Pourquoi?* Ninguno de los testamentos les beneficia. ¿Por qué alguien iba a molestarse en destruir el testamento? Los hospitales se benefician..., sí; pero no podemos sospechar de esas instituciones.

—Tal vez el viejo cambiara de opinión y lo destruyera él mismo —insinué.

—Es posible —admitió Poirot—. Ha sido una de sus observaciones más razonables, Hastings. Bueno, aquí no pode-mos hacer nada más. Hemos hecho todo lo humanamente posible. Hemos conseguido igualar en inteligencia al difunto Andrew Marsh, pero por desgracia su sobrina no sale ganando con nuestro descubrimiento.

Fuimos a la estación en seguida y conseguimos tomar el tren de regreso a Londres, aunque no era un expreso. Poirot estaba triste y contrariado. En cuanto a mí, debido al cansancio permanecí semi adormilado en un rincón. De pronto, cuando el tren comenzaba a salir de Taunton, Poirot me lanzó un grito apremiante.

—¡*Vite*, Hastings! ¡Despierte y salte del tren! ¡Le digo que se apee!

Antes de que pudiera darme cuenta de lo que ocurría nos encontrábamos en el andén, sin sombrero y sin maletas, en tanto que el tren desaparecía en la noche. Yo estaba furioso, mas Poirot no me prestaba atención.

—¡Qué imbécil he sido! —exclamó—. ¡Tres veces imbécil! ¡Nunca más volveré a pavonearme de mis células grises!

—Es una buena idea —dije enojado—. Pero, ¿qué es lo que pasa ahora?

—Los comerciantes... ¡Los he dejado completamente de lado! Sí, ¿pero dónde? No importa, no puedo equivocarme. Debemos regresar en seguida.

Era más fácil decirlo que hacerlo. Conseguimos subirnos a un tren muy lento que nos trasladó a Exeter, y desde allí alquilamos un coche. Llegamos a Crabtree Manor a primera hora de la mañana. Pasaré por alto el asombro de los Baker cuando al fin conseguimos despertarles. Sin hacer caso de nadie, Poirot fue directamente al despacho.

—No he sido tres veces imbécil, sino treinta y seis, amigo mío —se dignó a reconocer—. ¡Ahora, prepárese!

Yendo directamente al escritorio sacó la llave y le arrancó el sobre que llevaba atado. Yo le contemplaba estúpidamente. ¿Cómo era posible que esperase encontrar un impreso de los empleados para hacer testamento en un sobre tan diminuto? Con sumo cuidado fue cortándolo hasta dejarlo completamente abierto. Luego encendió el fuego y lo acercó a la llama. A los pocos minutos comenzaron a aparecer unos ligeros caracteres.

—¡Mire, *mon ami!* —exclamó Poirot con aire triunfal.

Yo miré. Eran unas pocas líneas de escritura en las que declaraba brevemente que dejaba toda su fortuna a su sobrina, Violet Marsh. Llevaba fecha del veinticinco de marzo, a las doce y media, siendo los testigos Alberto Pike, pastelero, y su esposa, Jessie Pike.

—¿Pero es legal? —pregunté conteniendo el aliento.

—Que yo sepa no existe ninguna ley que prohíba escribir un testamento con tinta invisible. La intención del testador está bien clara y el beneficiario es su único pariente vivo. ¡Pero qué inteligente era ese hombre! Él previó todos los pasos que se darían por encontrarlo... todos los que yo, imbécil de mí, he dado. Adquiere dos impresos, hace que sus criados los firmen, y luego redacta su testamento en el interior de un sobre sucio y con una pluma estilográfica que contiene tinta invisible. Con alguna excusa hace que el pastelero y su esposa firmen abajo su nombre y luego lo ata a la llave de su escritorio riéndose para sus adentros. Si su sobrina descubre su pequeño truco habrá justificado la vida que eligió y su complicada educación, y merecerá todo su dinero.

—Ella no ha sabido adivinarlo, ¿verdad? —dije despacio—. Parece injusto. En realidad ha ganado el viejo.

—Pero no, Hastings. Es *usted* quien se equivoca. Miss Marsh demostró la agudeza de su inteligencia y el valor de la educación superior para las mujeres, al poner el asunto inmediatamente en mis manos. Siempre hay que confiar en los expertos. Ella ha demostrado ampliamente que tiene derecho a su dinero.

»¡Me gustaría saber qué es lo que hubiera opinado de esto el viejo Andrew Marsh!"

ÍNDICE